Die Hypothese

Bo Fresl

Die Hypothese
Wahr oder unwahr

Roman

Bibliografische Information der Deutschen Nationalbibliothek
Die Deutsche Nationalbibliothek verzeichnet diese Publikation in der Deutschen Nationalbibliografie; detaillierte bibliografische Daten sind im Internet über http://dnb.d-nb.de abrufbar.

Herstellung und Verlag:
BoD – Books on Demand, Norderstedt
ISBN: 978-3-7386-4375-6

Gedanken

Er stand an einer Straße, die sich an einem steilen Küstengebirge entlangschlängelte. Weit unten rauschten die Wellen. Es war angenehm warm, vom Meer her blies ihm jedoch ein erfrischender Wind entgegen. Die Sonne stand bereits tief über dem Meer und würde wohl bald hinter dem Horizont verschwinden.

»Steig ein«, forderte ihn jemand auf.

Er drehte sich um. Da parkte ein Gefährt am Straßenrand. Es war offen und erinnerte ihn an ein Cabriolet. Allerdings hatte es weder Räder noch ein Steuerrad. Ein niedliches Wesen mit einem auffallend großen Kopf und riesigen ausdrucksstarken grünen Augen saß darin. Es ähnelte den Figuren aus den Manga-Geschichten, den japanischen Comics, mit ihren übergroßen Augen. Er konnte es keinem Geschlecht zuordnen, aus einem ihm unerklärlichen Grund war es ihm jedoch vertraut. Ohne zu zögern, stieg er ein und ließ sich in einen bequemen Sitz sinken. Das Gefährt setzte sich in Bewegung und folgte der kurvigen Straße. Lautlos beschleunigte es auf eine beachtliche Geschwindigkeit. Der Blick auf das raue Meer war spektakulär.

»Schau mal«, sagte das Wesen und machte ihn auf ein paar riesige Fische aufmerksam, die weiter draußen aus dem Meer schossen und hohe Luftsprünge vollbrachten. Ihm fiel auf, dass es nicht sprach, sondern offenbar ohne Stimme kommunizierte.

»Wow«, antwortete er erstaunt. Einige der Fische mussten bestimmt über zwanzig Meter lang sein. »Was sind das für riesige Fische?«

»Sprungfische.«

»Treffender Name. Sind das Raubfische?«

»Du meinst Fleischfresser? Nein, die gibt es hier seit Millionen von Jahren nicht mehr.«

»Wie bitte? Es gibt hier keine Raubtiere?«

»Ja, die sind alle ausgestorben.«

»Wieso denn? Gab es einen Meteoriteneinschlag?«

Das Wesen lächelte. »Nein. Über die Jahrmillionen nahm die Population aller Spezies stetig ab, so dass nach und nach die Nahrungsgrundlage der Prädatoren wegfiel. Schließlich sind sie entweder ausgestorben oder passten sich an.«

»Einige wurden zu Pflanzenfressern?«

»Genau, so auch der Vorfahre des Sprungfischs.«

Sie bogen von der Straße ab und hielten an einem Aussichtspunkt an. Die Stelle lag mehrere hundert Meter über dem tosenden Meer, dessen Wellen bestimmt bis zu zwanzig, dreißig Meter Höhe erreichten. Er wagte gar nicht sich vorzustellen, was geschehen könnte, wenn die Bremsen ihres Gefährts versagen würden.

»Keine Angst, mein Fahrzeug könnte auch über dem Meer schweben, ohne abzustürzen«, beruhigte ihn das Wesen.

»Kannst du meine Gedanken lesen?«

»Kann ich.«

»Wie heißt du eigentlich?«

»Yasi.«

»Äh, ist das ein weiblicher …«

»Nein«, unterbrach es ihn. »Es ist weder noch.«

»Ehm, ich wollte nicht …«

»Das muss dir nicht peinlich sein. Schau mal die Sprungfische da draußen. Sie bekommen alle zehn Jahre ein Junges. Dieses Jahr ist es wieder soweit. Deshalb vollführen sie vor der Küste Freudensprünge. Sie teilen uns damit das freudige Ereignis mit.«

»Ein Weibchen bekommt bloß alle zehn Jahre ein Junges?«

»Nein, nicht ein Junges je Weibchen. Ein Junges alle zehn Jahre – insgesamt.«

»Bloß ein Nachkomme alle zehn Jahre für die gesamte Population? Dann sind sie bestimmt vom Aussterben bedroht.«

Yasi lächelte wieder. »Überhaupt nicht. In den Meeren leben etwa dreitausend Sprungfische. Die Anzahl ist seit Jahrtausenden konstant. Alle zehn Jahre stirbt einer und alle zehn Jahre kommt ein Junges dazu.«

»Das ist ja unglaublich!«

»Nein, das ist normal. Bei den meisten Tierarten funktioniert die Reproduktion ähnlich.«

»Und wie läuft das bei euch mit dem Nachwuchs?«

»Vergleichbar, nur dass es bei uns schon seit Ewigkeiten keine Geschlechter mehr gibt.«

Er schaute Yasi verblüfft an. »Es gibt weder Mann noch Frau? Wie bekommt ihr dann Nachwuchs?«

Es grinste. »Biologisch können wir keinen Nachwuchs bekommen. Sobald jemand unsere Gemeinschaft verlässt, stößt ein neues Individuum dazu.«

»Und wie soll das gehen ohne Biologie? Empfängt ihr ein Kind vom Heiligen Geist?«

Yasi musste lachen. »Unser Körper wird ganz einfach künstlich erzeugt.«

»Ganz einfach … Bedeutet das, ihr habt keinen Sex?«

»Sofern du einen triebgesteuerten Geschlechtsverkehr meinst, trifft das zu. Das bedeutet aber nicht, dass wir uns nie verlieben oder keine Zärtlichkeiten austauschen.«

Er versuchte sich vorzustellen, wie Yasi und seine Artgenossen wohl Zärtlichkeiten austauschten, entschloss sich jedoch, das Thema zu wechseln, bevor es seine Gedanken kommentieren würde.

»Äh, die Sprungfische leben anscheinend ziemlich lange. Wie lange lebt ihr denn?«

»Im Durchschnitt etwa hunderttausend Jahre, aber die Streuung ist sehr hoch. Es gibt einige, die bereits nach fünfzigtausend Jahren gehen, andere erst nach zweihunderttausend oder mehr.«

»Hunderttausend Jahre, wie schaffen das eure Körper?«

»Da ist kein Problem, die sind für eine solche Zeitspanne ausgelegt.«

»Gibt es hier denn genug Nahrung für euch und die Sprungfische?«

»Natürlich. Neben uns gibt es noch Tausende weitere Spezies. Die Pflanzen, die hier überall gedeihen, bieten mehr als genug Nahrung für alle.«

»Somit isst auch du kein Fleisch?«

»Selbstverständlich nicht!«, antwortete es entsetzt, während das Cabrio wieder losfuhr und durch eine enge S-Kurve manövrierte. »Jedes Individuum hier hat ein Recht auf ein glückliches, erfülltes und langes Leben.«

Yasi blickte ihn mit seinen großen Augen auffordernd an. »Willst du dir noch weitere Gedanken über unser Leben hier machen? Ich lasse es dich sogleich wissen, falls diese nicht zutreffen.«

Genau wie es mir Aron empfohlen hat, ging es ihm durch den Kopf.

»Aron?«

»Ein Freund«, bemerkte er, während er bereits seinen Gedanken nachging. Okay, hier gibt es bestimmt schon mal
keine narzisstischen und gewalttätigen Arschlöcher, folgerte
er.

Yasi lächelte, widersprach aber nicht.

1

Der Mann jenseits von fünfzig, der den Weg entlangging, welcher die sanierungsbedürftige Großüberbauung »Glückfeld West« mit der nahen Bushaltestelle verband, war hager und hatte dunkle Augenringe. Seine vollen und nur an wenigen Stellen ergrauten braunen Haare waren das Einzige, was an ihm gesund wirkte.

Ein Pensionär aus seiner Nachbarschaft knöpfte sich gerade einen Jungen vor, der auf dem Gehweg mit seinem Fußball jonglierte.

»Musst du nicht zur Schule?«

»Doch, aber am Montag beginnt der Unterricht erst um viertel nach acht«, entgegnete der Junge verunsichert.

»Ach so. Spiel doch anderswo Fußball, hier stehst du allen im Weg! «

Der Junge ergriff seinen Ball und lief bedrückt davon.

»Irgendwo müssen die Kinder doch spielen«, sagte er zum Pensionär.

»Die sollen sich auf dem Spielplatz austoben. Hier blockieren sie den Durchgang und verursachen bloß Lärm und Ärger. Irgendjemand muss diesen Migranten Anstand beibringen.«

Einen kurzen Moment lang wollte er entgegnen, dass er gegenüber dem Kind doch etwas nachsichtig sein soll. Er beließ es aber bei einem wortlosen Kopfschütteln.

An der Haltestelle stand bereits ein Bus zur Abfahrt bereit. Er setzte sich auf einen Fensterplatz. Die morgendliche Junisonne schien ihm ins Gesicht.

Der Alte war mit seinem Frust nicht allein, überlegte er. Lärm, Sachbeschädigung und Diebstahl sorgten in der Gegend regelmäßig für Konflikte. Nicht selten musste die Polizei eingreifen. Diejenigen, welche es sich leisten konnten, waren schon lange weggezogen. Zurück blieben die Minderbemittelten, zu denen er sich selbst zählte. Einige Politiker aus dem rechten Spektrum behaupteten, das Viertel entwickle sich zu einem sozialen Brennpunkt.

Die Fahrt führte an weiteren nicht minder trostlosen Überbauungen vorbei. Mit einem bitteren Grinsen erinnerte er sich an die geräumige helle Vierzimmerwohnung in einem Neubauviertel, wo er einst mit seiner heutigen Exfrau und seinen beiden Töchtern gelebt hatte. Er verdrängte seine Gedanken daran. Bei der Haltestelle »Businesspark« musste er auf eine andere Buslinie wechseln. Zahlreiche Bürogebäude mit Niederlassungen von namhaften Firmen erstreckten sich in dieser Gegend über mehrere Häuserblocks. Bei einigen der Unternehmen hatte er sich erfolglos auf einen Bürojob beworben.

»Wir warten scheinbar auf denselben Bus«, riss ihn ein jüngerer Mann, dem seine Laufbahn als Drogenabhängiger gut anzusehen war, aus seinen Gedanken. Sie hatten schon zwei oder dreimal zusammengearbeitet.

Er hieß Fredi, hatte eine große Zahnlücke und schulterlange ungepflegte blonde Haare. Nach eigenen Aussagen war er seit zwei Jahren clean.

»Ja, offensichtlich«, antwortete er wenig begeistert.

»Wie sieht es mit deiner Jobsuche aus?«, fragte Fredi.

»Bisher kein Erfolg.«

»Scheiße!«

»Nein, das ist die Realität. In meinem Alter will dich keiner mehr. Damit muss ich leben.«

»Also ich finde es skandalös, wie diese kapitalistischen Arschlöcher mit uns umgehen. Wenn du älter wirst, bekommst du einen Tritt in den Arsch und wenn du sonst mal Probleme hattest, wie ich, dann kriegst du sowieso nie mehr einen Job.«

Er nickte nur. Ihr Bus hielt an und sie stiegen ein.

»Weißt du, um was für einen Auftrag es heute geht?«. Es war ein Versuch, das Thema zu wechseln, denn er hatte keine Lust, sich mit ihm über ihr vermasseltes Leben zu unterhalten.

»Mike hat mir gesagt, es gehe um die Wohnung einer verstorbenen alten Frau. Sie habe sich nach einem schweren Sturz nicht mehr erholt und sei schließlich vor ein paar Wochen im Spital gestorben. Der Klassiker.«

»Okay, dann werden wir vermutlich heute noch fertig damit.«

»Ja, davon gehe ich aus.« Fredi ging in den hinteren Bereich und ließ sich auf einen freien Sitzplatz niedergleiten.

Er blieb stehen und war froh, dass die Unterhaltung vorerst beendet war. Auf dem Infobildschirm im Bus erschien die Meldung, dass eine Bahnstrecke wegen eines Personenunfalls unterbrochen und für die Weiterreise ab dem Hauptbahnhof mit Verspätungen zu rechnen sei.

Früher hatte er Berichte über Personenunfälle bei der Bahn höchstens schulterzuckend zur Kenntnis genommen. Vielleicht fragte er sich beiläufig, was das für arme Schweine sein mussten, die so einen Ausweg wählten. Heute hatte er für sie volles Verständnis. Es war einfach die sicherste und schnellste Methode, um so ein Schlamassel zu beenden.

Inzwischen war der Bus in einer gepflegten Wohngegend auf der anderen Seite der Stadt angekommen. Reihen von großzügigen Mehrfamilienhäusern, erbaut in den Zwanzigerjahren des letzten Jahrhunderts, prägten das Stadtviertel. Er hatte mal gelesen, dass die Häuser in einer Mischform des neuen Bauens und des Art déco erstellt wurden. Die meisten Bauten hatten eine blass-rote Fassade und wiesen zahlreiche Vorsprünge, Rundungen, Zierelemente und großzügige Balkone auf.

Fredi kam nach vorne und drückte die Haltetaste.

»An der Nächsten müssen wir aussteigen«, sagte er. »Kennst du die Adresse? Ich habe sie vergessen.«

»Alpenblickstraße fünf. Nach der Bushaltestelle müssen wir für etwa hundert Meter der Straße folgen und nach einer Bäckerei rechts abbiegen.«

Der Pritschenwagen des Entrümpelungsservices stand bereits vor dem Wohnhaus.

»Hallo ihr beiden«, begrüßte sie Mike, ein beleibter bärtiger Mann um die vierzig. »Ihr könnt gleich rauf in die Wohnung im dritten Stock rechts. Sepp und Giovanni, unsere Senioren, sind bereits da. Die restlichen Kollegen kommen sicher auch gleich. Ich warte inzwischen auf den Lastwagen mit der Mulde.«

»Wird gemacht, Chef«, erwiderte Fredi grinsend und schritt durch die geöffnete Eingangstüre. Er folgte ihm. Die Eingangshalle war hoch und geräumig. Eine breite Steintreppe sowie ein Lift führten in die oberen Etagen. Das Wohnhaus wurde dereinst für eine bessergestellte Bürgerschicht erstellt und zweifellos lagen die Mieten auch heute noch im gehobenen Bereich, vermutete er, während sie keuchend die dritte Etage erreichten. Sepp und Giovanni, beide im Rentenalter, waren gerade in eine angeregte Unterhaltung vertieft.

»Schon letztes Jahr war es extrem trocken und nun wüten schon seit Tagen verheerende Waldbrände! Alfredo, mio cugino, äh mein Cousin aus Sicilia, hat schon die Hälfte seiner Olivenbäume verloren, Mamma mia!«, wetterte Giovanni, ein kleiner kräftiger Mann mit unübersehbar süditalienischen Wurzeln.

»Aber nicht nur das Klima spielt verrückt, nein. Überall brodelt es und es ist nur eine Frage der Zeit, bis verheerende Kriege ausbrechen. Schau doch was im Nahen Osten, in Russland, Iran, Afghanistan und sogar

14

in den USA alles schiefläuft. Wie soll das alles ausgehen? Wo sollen all die Flüchtlinge hin?«, fragte Sepp rhetorisch. Er war groß gewachsen, hatte eine Glatze und wirkte für sein Alter erstaunlich athletisch.

»Und ich frage mich, was soll mal werden aus unseren Bambini, Kindern und Enkeln?«, fügte Giovanni mit einer theatralischen Handbewegung an.

»Hallo zusammen! Wo sollen wir anfangen?«, unterbrach Fredi die beiden.

»Äh, fangt doch mit dem Kleinkram an, das da überall rumsteht«, erwiderte Sepp und zeigte auf die unzähligen kleinen Figürchen, Puppen und Vasen, die in einer Wohnwand aus Buchenholz aufgestellt waren. »Packt das Zeugs in die Kisten für den Shop. Dazu noch das Geschirr und Besteck aus der Wohnwand und der Küche. Vielleicht lässt sich davon noch was verwerten.«

Er nickte. Die gemeinnützige Organisation, für die sie arbeiteten, würde die noch verwertbaren Utensilien an bedürftige Menschen weitergeben oder in ihrem Secondhand-Shop günstig verkaufen. Er hatte da selbst ein paar Dinge erworben und war auf einen Aufruf auf dem Anschlagbrett aufmerksam geworden, mit dem Helfer für Wohnungsräumungen gesucht wurden.

2

Die Wohnung erinnerte ihn an die seiner Eltern, welche vor bald zehn Jahren gestorben waren. Auf dem Mosaikparkett im Wohnzimmer lag ein rot-schwarz gemusterter Kurzflorteppich. Gestickte Deckchen verzierten die altmodische Polstergarnitur aus braunem Velourstoff und einige Regale in der Wohnwand. Eine stehengebliebene Pendeluhr an der Wand zeigte viertel nach zwei an. Daneben hing eine eingerahmte Porträtfotografie eines jungen Mannes. Die Aufnahme war bereits älteren Datums, wahrscheinlich aus den Fünfziger- oder Sechzigerjahren. Viellicht war es der längst verstorbene Ehemann.

Während er mit Fredi die Gegenstände in Plastikkisten des Shops einpackte, trugen Sepp und Giovanni bereits den Küchentisch nach unten. Inzwischen waren noch drei weitere Männer eingetroffen. Zwei kräftig gebaute dunkelhaarige Typen hatte er noch nie gesehen. Er schätzte sie zwischen fünfundzwanzig und dreißig. Der Dritte hieß Fritz und war wie er seit längerer Zeit arbeitslos. Sie hatten sich mehrmals über die Schwierigkeit unterhalten, mit über fünfzig eine neue Anstellung zu finden.

»Hallo, wie geht's?«, fragte Fritz.

»Wie immer. Und dir?«

»Es geht so. Weiterhin nur Absagen, falls überhaupt auf eine Bewerbung reagiert wird.«

»Genau. Oft gibt es nicht einmal eine Absage«, erwiderte er resigniert.

»Wir zwei haben die Arschkarte gezogen. Bald ausgesteuert, noch knapp gut genug, um mit ehemaligen Junkies und minderbemittelten Frühpensionären einen unterbezahlten Gelegenheitsjob zu erledigen.«

»Gut zusammengefasst«, stimmt er zu. »Im Gegensatz zu mir hat dich wenigstens deine Frau noch nicht verlassen«, fügte er mit einem zynischen Grinsen an. Und todkrank bist du vermutlich auch nicht, dachte er für sich.

Die Diagnose, welche ihm vor zwei Wochen ein Urologe mitgeteilt hatte, besiegelte sein Schicksal endgültig: Prostatakrebs mit Verdacht auf Metastasen in den Beckenknochen. Erst hatte er die Schwierigkeiten beim Wasserlassen als eine in seinem Alter übliche Begleiterscheinung abgetan. Schmerzen im Beckenbereich hatten ihn veranlasst, seine Hausärztin aufzusuchen. Diese hatte ihn an den Urologen überwiesen. Für die kommende Woche waren noch weitere Untersuchen geplant, danach Chemotherapie und Operation.

Dank dem Einsatz der beiden kräftigen Jungen kamen sie gut voran und noch vor dem Mittag waren die größten Möbelstücke weggeräumt und entsorgt worden. Am Nachmittag wollten sie sich um Keller und Dachboden kümmern.

»Kommst du auch ins Selbstbedienungsrestaurant im Supermarkt am Viktoriaplatz?«, fragte Fritz.

»Nein danke, ich habe keinen großen Hunger. Ich besorge mir ein Sandwich beim Bäcker um die Ecke«, antwortete er.

Er hatte keine Lust auf Gespräche und Diskussionen mit den anderen. Lieber wollte er in der Mittagspause allein sein und ein altes Notizbuch untersuchen, das er im Schlafzimmerschrank in einer kleinen Kartonschachtel gefunden hatte. Sie beinhaltete außerdem drei alte Fotos von wahrscheinlich längst verstorbenen Personen, einige Postkarten und einen Briefumschlag. Vielleicht handelte es sich um ein Tagebuch und enthielt Einblicke in vergangene Zeiten? Oder bloß nur Rezepte?

Nachdem die anderen losgezogen waren, lief er rasch zur Bäckerei. Zurück in der Wohnung setzte er sich auf einen der verbliebenen Stühle und schaute sich als Erstes die alten Fotos aus der Schachtel an. Eines war eine Porträtaufnahme eines jungen Mannes, vielleicht um die zwanzig, in einer Uniform. Er trug eine Stoffmütze, ähnlich jenen Exemplaren, die früher in der Schweizer Armee als »Schiffchen« bekannt waren. Am Waffenrock prangte der Reichsadler mit Hakenkreuz. Offenbar stammte das Foto aus der Zeit des Zweiten Weltkriegs. Zwei weitere zeigten denselben Jungen in Uniform zusammen mit einer Frau im mittleren Alter und einem Mädchen. Wahrscheinlich handelte es sich um Mutter und Schwester. Sein Sandwich kauend, versuchte er, die alte verblichene Handschrift im Notizbuch zu entziffern.

19. Mai 1940

Den ganzen Tag Gruben ausgehoben. Zelteten in der Nähe am Waldrand. Rottenführer befahl uns, bei den Zelten zu bleiben. Abendessen Eintopf. Danach SS vorgefahren. Ladung wurde hinter Stacheldraht in Reihe aufgestellt. Um neun Uhr befahl Scharführer Nachtruhe.

20. Mai 1940

Vier Uhr Tagwache, Geländeübung durchgeführt, Bodo gewann vor Kuno und mir. Danach Morgenessen. Im Laufe des Vormittags Lastkraftwagen vorgefahren. Mithilfe beim Ausladen. Nach Mittagessen 10 km Marsch, mit Scharführer Standorte für Gruben erkundet. Leckere Bratwurst zum Abendessen. Nachtmarsch bis Mitternacht. Todmüde ins Zelt gekrochen.

Auch die Einträge der folgenden Tage beinhalteten ähnliche Tätigkeiten. Tagwache in aller Frühe, Märsche, Gelände auskundschaften, Ausheben von Gruben. Zum Essen Eintöpfe. Daneben Ranglisten von Geländeübungen und Anleitungen für den Aufbau von Zelten und Latrinen, aber auch immer wieder die Erwähnung der SS, eine – wie ihm bestens bekannt war – Spezialtruppe der Nazis, welche unzählige Kriegsverbrechen begangen hatte. War ihm das Tagebuch eines Zeugen oder gar Täters des Holocausts in die Hände gekommen? Begriffe wie »SS« und »Gruben« ließen ihn dies vermuten. Er hätte zu gerne gewusst, wer der Verfasser gewesen und was aus ihm geworden war.

Er hörte Schritte im Treppenhaus, die anderen Männer kehrten von der Mittagspause zurück. Rasch legte er das Tagebuch in die Schachtel zurück und steckte sie in seinen kleinen Rucksack. Nach Feierabend wollte er darin weiterlesen. Vielleicht stand noch Aufschlussreicheres darin als die sich wiederholenden Einträge über Märsche und Übungen.

3

Gegen fünf Uhr waren auch die Nebenräume leergeräumt. Die Männer versammelten sich draußen beim Pritschenwagen, wo Mike den Lohn in Bar auszahlte. Je Stunde gab es vierundzwanzig Franken, insgesamt hundertsiebzig für jeden.

»Das ist doch mal ein Lichtblick«, bemerkte Fredi, als er das Geld entgegennahm. »Kommt noch jemand auf ein Bierchen in die Quartierbeiz am Viktoriaplatz?«

»Du willst doch nicht gleich den ganzen Lohn versaufen?«, fragte ihn Fritz entsetzt.

Die anderen lachten.

»Nein, natürlich nicht. Nur ein kleines Blondes.«

»Ich bin dabei«, sagte einer der beiden kräftigen Typen. Auch sein Kollege, Mike, Sepp und Giovanni waren für ein Bier zu haben.

»Ich bin fix und fertig«, entschuldigte sich Fritz. »Vielleicht das nächste Mal.«

»Ja, mir geht es genau gleich«, stimmte er Fritz zu.

Sie verabschiedeten sich. Beiläufig überlegte er, dass er die Typen nie mehr sehen würde.

Zu Hause packte er das Tagebuch aus. Gespannt blätterte er weiter. Auch die übrigen Seiten enthielten ähnliche Einträge wie die vorangegangenen. Märsche und Gruben, die ausgehoben wurden, Eintöpfe zum Essen, dazwischen Bemerkungen zur Überlegenheit der arischen Rasse. Daneben Beschreibungen von Geländeübungen mit Ranglisten. Abgesehen davon waren keine detaillierten Schilderungen dabei. Vermutlich war es auch verboten gewesen, akribisch verfasste Tagebücher mit Angaben zu Personen und Orten zu führen. Bei der Mitte des Tagebuchs hörten die Einträge plötzlich auf. Einer der letzten wich etwas von den anderen ab.

15. Juni 1940
Tagwache um fünf. Rottenführer ließ uns in Reih und Glied aufstellen. Feierlich teilte er uns mit, dass unsere glorreichen Truppen am Vortag in Paris einmarschiert sind! Der Feind im Westen wurde durch den Blitzkrieg unseres Führers völlig überrannt. Unglaublicher Jubel. Wir können es nicht erwarten, selbst mitmarschieren zu dürfen!

Nach ein paar weiteren Einträgen, die fast ausschließlich Geländeübungen wie Dauerlauf, Kriechen durch Gestrüpp und die Überwindung von Hindernissen beschrieben, folgten nur noch leere Seiten. Er holte seinen Laptop hervor und suchte nach »Rottenführer« und »Scharführer«. Offenbar gehörte der Autor des Tagebuchs der Hitlerjugend an. Die Bezeichnungen waren höhere Dienstgrade. Unglaublich, wie rasch ich mich darüber informieren kann. Er fand auch heraus, dass die Deutschen tatsächlich am 14. Juni 1940 in Paris einmarschiert waren.

Nun nahm er sich die Postkarten vor. Sie trugen einen Vordruck mit dem Vermerk »Feldpostkarte« und waren an eine Frau Ida Kaiser in Hamburg adressiert. Soweit er es beurteilen konnte, waren sie in derselben

Handschrift wie das Tagebuch verfasst worden. Er versuchte, den Text der ersten Karte zu entziffern, was nicht so einfach war, denn die Schrift war noch verblichener als im Tagebuch.

10. August 1942
Liebes Muti,
dir und Liesl sende ich die liebsten Grüße aus den Weiten Russlands. Mir geht es gut, wir bekommen auch genug zu essen. Obgleich mir deine feinen Kuchen sehr fehlen. Aber mache dir keine Sorgen, denn ich bin überzeugt, dass der Krieg schon bald zu Ende geht. Dann komme ich nach Hause und du kannst mir jede Woche einen Kuchen backen. Was macht Liesl? Ich hoffe, sie hilft dir, so gut sie kann. Lasse auch die Müllers von mir grüßen.
Schreibt mir, so viel ihr könnt.
In Liebe
Euer Henning

Er musste schlucken. Der Verfasser des Tagebuchs war zwei Jahre später in den Krieg gegen Russland gezogen. Das schien ihm plausibel. 1940 noch in der Hitlerjugend, 1942 Soldat in der Wehrmacht. Zugleich vermutete er, dass sein weiteres Schicksal kein gutes Ende nehmen würde. Die meisten Soldaten sollten aus Russland nie mehr zurückkehren.

Er schaute sich die nächste Postkarte an.

5. September 1941

Liebes Muti,

herzlichen Dank für den feinen Kuchen, den du mir ge-schickt hast. Er hat mir sehr gemundet und auch meinen Ka-meraden, denen ich ein kleines Stückchen zum Probieren ge-geben habe.

Es sendet dir liebe Grüße aus der Grundausbildung

Dein Sohn Henning

PS: Lasse auch Liesl grüßen.

Somit war er im Herbst '41 noch in einer sogenannten »Grundausbildung« gewesen, was vermutlich einer Rekrutenschule entsprach. Auch dies würde in den zeitlichen Ablauf passen. Ob Henning auch einen Va-ter gehabt hatte? Entweder gab es den nicht, oder er war bereits im Krieg gefallen.

Bevor er die nächste Postkarte entzifferte, holte er sich ein Joghurt aus dem Kühlschrank. Großen Appetit verspürte er schon seit Wochen nicht mehr. Insgesamt hatte er in den letzten drei, vier Monaten sicher fast acht Kilo abgenommen. Ein Arzt würde bei ihm wohl eine Erschöpfungsdepression oder dergleichen diag-nostizieren, doch ihm war sein psychischer Zustand egal. Er musste schließlich nur noch ein paar Tage durchhalten.

Während er langsam sein Aprikosenjoghurt löffelte, las er die nächste Karte.

12. September 1942, im weit entfernten Osten
Liebes Muti, liebe Liesl,

wir stehen hier tief im Feindesland und warten auf unseren Einsatz. Ob ich die nächsten Tage unversehrt überstehe, liegt nun in den Händen des Schicksals. Ich bin aber zuversichtlich, dass wir dem Feind überlegen sind.

Habt ihr übrigens mein Tagebuch aus der HJ-Zeit auf die Seite gelegt? Ich habe darin ein paar wichtige Notizen reingeschrieben, bitte werft das Büchlein nicht weg.

Nun wünscht mir Glück und vergesst nicht, mir zu schreiben!

In Liebe
Euer Henning

Er recherchierte im Internet nach den Ereignissen an der Ostfront im Herbst und Winter 1942. Da stach vor allem die katastrophale Niederlage der Wehrmacht in Stalingrad heraus. Bei Winterbeginn wurden die Deutschen durch die Russen eingekesselt und aufgerieben. Das war der Anfang vom Ende. Ob Henning in Stalingrad mitkämpfte? Der Angriff der deutschen 6. Armee begann gemäß Wikipedia am 13. September. Das würde also zeitlich passen, obschon es an der Ostfront sicher auch an anderen Orten Kämpfe gegeben hatte. Aber wieso fragte dieser Henning in einem Moment höchster Gefahr nach seinem Tagebuch? Darin standen bloß unbedeutende Ereignisse.

Er nahm die letzte Postkarte aus der Schachtel.

25. Oktober 1942

Liebes Muti, liebe Liesl,

wie geht es euch so? Es ist schon lange her, seit euer letzter Brief bei mir eingetroffen ist. Bitte schreibt mir, so viel und so oft ihr nur könnt! Mir geht es gut, ich bin gesund und munter. Unsere Lage hier könnte aber besser sein. Der Russe macht uns schwer zu schaffen. Wir sind aber zuversichtlich, dass wir ihn in den nächsten Wochen besiegen können, noch bevor der Winter hier einbricht.

Liebste Grüße

Euer Henning

Rasch las er auf Wikipedia weiter. Ab Anfang November unternahm die Wehrmacht einen weiteren Versuch, Stalingrad komplett zu erobern. Die Russen besetzten zu diesem Zeitpunkt nur noch rund zehn Prozent des Stadtgebiets. In einem verlustreichen Häuserkampf konnten zwar einige Gebiete dazugewonnen werden, doch die Russen waren immer noch nicht besiegt worden. Die Postkarte von Ende Oktober 42 würde dazu passen. Er war überzeugt, dass Henning bei der Schlacht dabei gewesen war.

In der Kartonschachtel war noch ein Brief, adressiert an dieselbe Empfängerin, Ida Kaiser in Hamburg. Vorsichtig nahm er das Papier aus dem verblichenen Umschlag.

30. Dezember, im weit entfernten Osten
Liebstes Muti, liebe Liesl,

ich möchte mich noch herzlich für euer Päckchen zu Weih-
nachten bedanken, das mich pünktlich erreicht hat. Den Ku-
chen habe ich sehr genossen und einen Teil davon mit mei-
nen Kameraden geteilt. Leider hat sich unsere Lage weiter
verschlechtert. Wir sind von den Russen umschlossen und
unsere Versorgung wird von Tag zu Tag schwieriger. Es
fliegen noch täglich Flugzeuge, doch ist es vermutlich nur
eine Frage der Zeit, bis der Russe die Flugplätze erobert hat.
Leider könnte dies daher mein letzter Brief sein, der den Weg
zu euch findet.

Bitte seid nicht traurig, denn jeden von uns ereilt früher
oder später dasselbe Schicksal. Ich werde mich tapfer dem mir
bestimmten Lauf der Dinge fügen und ihr könnt mit Stolz
berichten, dass ich mich für das Vaterland geopfert habe.
Mein Wunsch wäre noch, dass ihr mein Tagebuch aus der
HJ und den Chemiekasten, den mir Onkel Fritz zur Konfir-
mation geschenkt hat, gut aufbewahrt. Im Kasten sollte es
noch vom Kobaltchlorid haben. Denkt an dessen Wirkung
und tragt Sorge für die Sachen.

Nun muss ich meine Zeilen beenden. Weint nicht, sondern
behaltet mich für immer in euren Herzen. Und vielleicht ge-
schieht ja ein Wunder und wir sehen uns wieder.

In Liebe
Euer Henning

Musste für die Mutter schrecklich gewesen sein. Der
Sohn schreibt von seiner Hoffnungslosigkeit und ver-
abschiedet sich. Ob sie sofort begriffen hatte, dass er

nie mehr zurückkehren würde? Oder gehörte er vielleicht dennoch zu den ganz wenigen Überlebenden, die nach Jahren zurückkehrten?

Er blätterte nochmals das Tagebuch durch. Was könnte daran so wichtig gewesen sein, dass Henning es sogar in seinem Abschiedsbrief erwähnte? Oder gab es noch ein anderes Tagebuch? Vielleicht hatte er auch die Einträge über seine Erlebnisse in der Hitlerjugend als so wichtig betrachtet, dass er sie unbedingt für die Nachwelt erhalten wollte. Er würde den Grund wohl nie erfahren.

Noch eine Weile dachte er an das traurige Schicksal von Henning und seiner Familie. Handelte es sich bei Liesl gar um die verstorbene alte Frau, deren Wohnung er heute ausgeräumt hatte? Er rechnete rasch das mutmaßliche Alter aus, das ein damals vielleicht etwa zwölfjähriges Mädchen heute haben würde. Könnte passen.

Gegen neun Uhr legte er sich aufs Bett. Den Fernseher benutzte er seit Wochen nicht mehr. Die deprimierenden Nachrichten aus aller Welt mochte er nicht mehr sehen. Klimawandel, Naturkatastrophen, grausame Kriege, das Leid und Elend der Opfer und Flüchtlinge, überall narzisstische Arschlöcher und Despoten, die sich auf Kosten von anderen bereicherten und dafür noch gefeiert wurden.

Letzte Woche hatte er seinen Entschluss endgültig gefasst, Ort und Zeit festgelegt. Die Tortur der Krebsbehandlung und sein Absturz in die Sozialhilfe wollte er sich ersparen. Von seiner Wohnung aus lag die Stelle etwa drei Kilometer entfernt. Dort führte an einem Waldrand eine Verbindungsstrecke der Bahn entlang, auf der bloß Güterzüge fuhren. Er hatte versucht, ihre Geschwindigkeit zu ermitteln, indem er zwischen zwei Fixpunkten mehrmals die Fahrzeit gemessen hatte. Er war auf rund achtzig bis hundert Stundenkilometer gekommen. Schnell genug, um vom Aufprall nichts mehr mitzubekommen. Bis sein Hirn begreifen würde, dass er zerfetzt wurde, würde er schon längst tot sein. Damit er den Bahnverkehr nicht zu sehr durcheinanderbringen würde, hatte er die Nacht von nächstem Samstag auf Sonntag gewählt.

In seinem Testament, das er in der Wohnung zurücklassen wollte, hatte er verfügt, dass von seinem verbleibenden Vermögen fünftausend Franken den betroffenen Lokomotivführer ausbezahlt werden mussten. Der Lokführer – oder vielleicht die Lokführerin – beschäftigte ihn schon seit Monaten. Manche leiden darunter, einen Selbstmörder überfahren zu haben. Er hatte aber gehört, dass es auch solche gibt, die damit einigermaßen klarkamen.

4

Kurz vor sechs Uhr erwachte er aus einem Traum. Er hatte seine Eltern besucht. Seine beiden Töchter waren noch kleine Mädchen gewesen. Sie spielten in einer Ecke im Gästezimmer der Dreizimmerwohnung seiner Eltern, genau wie sie es früher, als noch alles in Ordnung gewesen war, immer getan hatten. Er saß mit Vater und Mutter in der Küche.

»Du bist so blass und hast abgenommen«, sagte die Mutter besorgt.

»Sei vorsichtig«, mahnte der Vater.

Er wollte etwas entgegnen, doch er brachte kein Wort heraus. Er saß einfach da am Küchentisch und blickte seine Eltern an. Plötzlich verschwanden sie. Sie lösten sich wie in Luft auf. Er versuchte, nach ihnen zu rufen, doch er brachte keinen Ton raus. Besorgt wollte er nach seinen kleinen Mädchen schauen, doch das Gästezimmer war ebenfalls weg. Dann wachte er auf, schon fast erleichtert, dass es nur ein Traum gewesen war.

In der Zeit nach der Trennung, als es ihm sehr schlecht gegangen war, hatte er oft von seinen Eltern geträumt. Er hatte sich gefragt, ob es vielleicht doch so etwas wie ein Leben nach dem Tod geben könnte. Seine Eltern würden sich über seinen Zustand Sorgen machen und ihm im Traum Botschaften zukommen lassen. Manchmal hatte er auch im Internet nach Themen wie »Botschaften aus dem Jenseits« gesucht. Die Suchergebnisse hatten allerdings ausschließlich zu esoterischen Gruppen, Sekten und selbsternannten Medien, welche behaupteten, mit Verstorbenen Kontakt aufnehmen zu können, geführt. Das war ihm suspekt, er wollte sich nicht auf esoterische Experimente einlassen.

Mit der Zeit ließen die Träume nach. Irgendwo hatte er gelesen, dass Träume vom Gehirn produzierte Illusionen sind. So musste es sein. Eine höhere Ordnung, die alles in gute Bahnen lenkte, oder einen Gott, der alle Unglücklichen und Gescheiterten retten würde, so was gab es nur in unserer Illusion.

Er setzte Wasser auf und machte sich einen starken Kaffee. Essen mochte er nichts. Danach duschte er und fuhr mit dem Fahrrad die paar Kilometer zur Bahnstrecke, wo er in der Nacht auf nächsten Sonntag seinen Plan in die Tat umsetzen wollte.

Es war ein schöner Morgen, aus Osten erreichten die ersten wärmenden Sonnenstrahlen die Stadt. Nach einer Viertelstunde hatte er den Feldweg, welcher an der Bahnstrecke entlangführte, erreicht. Die Stelle, von wo aus er auf den Zug warten wollte, hatte er bereits festgelegt. Er musste dazu die Bahnstrecke überqueren. Dort wuchs in der Nähe eine dichte Hecke aus Bäumen und Sträuchern. Hier konnte er sich im unwahrscheinlichen Fall, dass jemand in der Nacht den Feldweg entlangkommen sollte, in Deckung gehen. Sobald sich ein Zug näherte, musste er nur noch aufs Bahngleis laufen und den Aufprall abwarten. Abgesehen vom Vortag war er seit einer Woche täglich mit dem Fahrrad hierhergefahren. Es war ein Ritual, das erst in der Nacht auf Sonntag ein Ende nehmen sollte. Wieso er das tat, wusste er auch nicht genau. Möglicherweise hoffte er, sein letzter Schritt falle ihm mit dieser Erfahrung leichter.

Auf der Rückfahrt musste er an die Postkarten und den Brief von Henning denken. Auch er war ein Todgeweihter gewesen, der im Gegensatz zu ihm aber noch sein ganzes Leben vor sich gehabt hätte. Da kam ihm unvermittelt ein Einfall. Sobald er vom Feldweg in die nächste Straße eingebogen war, fuhr er weiter in Richtung Stadt. Sein Ziel war das Viertel, wo bis vor ein paar Monaten die verstorbene alte Frau gelebt hatte.

»Was wollen Sie über sie wissen?«, fragte ihn die attraktive etwa fünfzigjährige Frau. Ihre gebräunte Haut ließ ihn eine mediterrane Herkunft vermuten, vielleicht Italien oder Spanien. Die zerzauste schwarze Haarmähne machte sie irgendwie noch attraktiver. Er vermutete, dass er sie beim Frisieren gestört hatte. Sie trug perfekt sitzende Jeans und ein weißes Shirt mit V-Ausschnitt. Ihr Äußeres, aber auch ihr selbstsicheres Auftreten machten ihn unsicher.

»Äh, wissen Sie, ich half gestern mit, die Wohnung auszuräumen und irgendwie berührte es mich. Also, ich meine all diese Möbel und persönlichen Sachen, welche bis vor Kurzem noch zu einem Menschen gehörten. Ich war mit dem Fahrrad in der Gegend unterwegs und wollte mich mal spontan über sie erkundigen. Wer war sie und hat sie vielleicht noch Verwandte?«

Sie musterte ihn und strich sich dabei durchs Haar. Wow, dachte er, tolle Frau.

»Kommen Sie doch rein«, entgegnete sie mit einem Lächeln. »Über meine Unordnung müssen Sie aber hinwegsehen.«

Die Wohnung hatte denselben Grundriss wie die der verstorbenen Frau nebenan, nur spiegelverkehrt. Auf ihn wirkte es hier nicht unordentlich. Sie wies ihn an, sich auf ein kleines schwarzes Ledersofa zu setzen, sie nahm auf einem dazu passenden Sessel Platz und schlug die Beine übereinander. Auf einem kleinen Glastisch lagen Fitnessmagazine. Daher also die sportliche Figur.

»Sie hieß Elisabeth Keller, war verwitwet und wohnte hier seit über dreißig Jahren«, fing sie an. »Ich bin erst vor zwei Jahren ihre Nachbarin geworden, als ich nach meiner Scheidung in diese Wohnung gezogen bin.»

»Ach so.« Eigentlich hätte er versuchen müssen, mit dieser geschiedenen Schönheit zu flirten, aber dazu war er nicht in der Lage. Immerhin, kombinierte er für sich, passt der Vorname »Elisabeth« zur Abkürzung »Liesl«.

»Hatte sie Nachkommen oder Verwandte?«

»Sie hat einen Sohn, der lebt in Zürich, glaube ich. Er besuchte sie ab und zu, nicht sehr oft. Ich glaube, sie hat darunter gelitten.«

»Wissen Sie, seit wann sie verwitwet war?«

»Ich weiß es nicht genau. Seit über zehn Jahren bestimmt. Sie hat selten von ihrem Mann erzählt. Ich vermute, dass die Ehe nicht nur harmonisch verlief.«

»Stammte sie von hier?«, wollte er wissen, gespannt, ob es sich bei ihr tatsächlich um Liesl handelte.

»Nein, sie kam aus Deutschland, aus Hamburg, um genau zu sein. In den Fünfzigerjahren kam sie als Haushaltshilfe zu einem Großbauern nach Horgen am Zürichsee. Sie konnte dann eine Lehre als Krankenschwester machen, wie man unseren Beruf damals noch bezeichnet hat.«

»Somit sind Sie Pflegefachfrau oder wie auch immer die Berufsbezeichnung heute korrekt lautet?«

»Genau. Sie scheinen gut informiert zu sein«, sagte sie lächelnd. »Nun muss ich mich aber langsam entschuldigen. Mein Dienst beginnt um halb elf.«

»Ja, selbstverständlich«, sagte er verlegen. Es war ihm unangenehm, ihre Zeit in Anspruch genommen zu haben. Er ging zum Ausgang und drehte sich nochmal nach ihr um. »Vielen Dank, dass Sie sich Zeit genommen haben, und bitte entschuldigen Sie die Störung.«

»Gern geschehen, keine Ursache.« Offenbar war sie etwas erstaunt über sein unmittelbares Aufbrechen. Sie folgte ihm zur Wohnungstür. »Ist mit Ihnen alles in

Ordnung?«, fragte sie, während er bereits ins Treppenhaus schritt.

Er drehte sich um und versuchte, so entspannt wie möglich zu wirken. »Ja, es ist alles in Ordnung. Auf Wiedersehen und nochmals vielen Dank.«

Wieso musste ich ausgerechnet an eine Krankenschwester geraten, dachte er auf der Rückfahrt nach Hause. Die haben so etwas wie einen sechsten Sinn und sehen es so kranken Typen wie mir sofort an, dass etwas nicht stimmt. Und dazu kam noch, dass sie verdammt attraktiv war. Egal, nun weiß ich immerhin, dass es sich bei der verstorbenen Frau mit hoher Wahrscheinlichkeit um Liesl handelte, Hennings Schwester.

5

Später saß er zu Hause am Küchentisch und starrte vor sich hin. Die Begegnung mit der Schönen brachte ihn über seine Beziehungen zu Frauen ins Grübeln. Durch seine tollpatschige Art hatte er sich bei Annäherungsversuchen meistens nur in peinliche Situationen gebracht. Bei seinem ersten Rendezvous mit einem Mädchen hatte er aus Nervosität sein Bierglas umgeworfen, so dass sich der Inhalt über ihre Hose ergossen hatte. Und beim ersten Treffen mit seiner Exfrau war er aus Unachtsamkeit frontal in eine Straßenlaterne geprallt, während sie durch einen Park spaziert waren. Die Platzwunde hatte sogar genäht werden müssen. Unglaublich, dass sie seine Ungeschicktheit zumindest anfangs anziehend gefunden hatte.

Er klappte seinen Laptop auf und überflog die eingegangenen Mails. Er wollte vermeiden, dass in seiner letzten Woche noch etwas Dringendes unbeantwortet blieb. Das hätte unnötige Hektik auslösen können. Neben einigen sinnlosen Newslettern war tatsächlich eine Nachricht der Regionalen Arbeitsvermittlung dabei. Er solle sich doch die im Link aufgeführte Stelle anschauen und sich darauf bewerben, schrieb seine Kontaktperson.

Klar, werde ich sofort machen.

Obschon völlig hoffnungslos, bewarb er sich monatlich auf zwölf bis fünfzehn Stellen. Schließlich musste er jeden Monat seine Bemühungen aufführen und dem

RAV übermitteln. Es drohten Kürzungen des Arbeitslosengeldes, wenn er nicht mindestens zwölf Bewerbungen vorweisen konnte.

Er klickte auf den Link und überflog die ausgeschriebene Stelle. Ein Unternehmen aus der Chemiebranche suchte einen Sachbearbeiter in der Administration. Da konnte er einfach seine Standardbewerbung mit Lebenslauf senden. Nach zwanzig Minuten hatte er es erledigt. Er wollte den Laptop schon zuklappen, als er unvermittelt innehielt und die Ausschreibung nochmal aufmerksam durchlas.

Wir sind ein traditionsreiches Unternehmen aus der Chemiebranche und liefern organische Verbindungen, hochreine anorganische Verbindungen und weitere Produkte. In unserem eigenen Produktionsbetrieb werden unter anderem Stoffe wie Acenaphten, Adamantanol, Aminobutan, Kobaltchlorid und Chlorpropionsäure hergestellt.

Moment mal. Kobaltchlorid, das war doch etwas, das Henning in seinem letzten Brief erwähnt hatte, oder täusche ich mich?

Rasch holte er die kleine Kartonschachtel und nahm den Brief heraus. Tatsächlich.

»Im Kasten sollte es noch vom Kobaltchlorid haben. Denkt an dessen Wirkung und tragt Sorge für die Sachen.«

Was zum Teufel war dieses Kobaltchlorid? Er gab den Begriff in der Suchmaschine im Browser ein. Wikipedia wusste sofort Bescheid. Es handelte sich um eine chemische Verbindung von Kobalt und Chlor. Es wurde als Feuchtigkeitsindikator verwendet – der Stoff wechselt bei Feuchtigkeit die Farbe – aber, insbesondere in früheren Zeiten, auch als Geheimtinte. Auf einem Blatt Papier ist die mit einer wässrigen Lösung aus Kobaltchlorid geschriebene Schrift nicht sichtbar. Erst wenn man es beispielsweise mit einem Föhn erwärmt, wird sie blau sichtbar. Es wurde vor der Verwendung gewarnt, da der Stoff krebserregend sei. Er fand auch Demovideos im Netz. Aufgeregt holte er seinen Föhn aus dem Badezimmer.

Er schlug das alte Tagebuch auf der ersten leeren Seite auf und leitete den heißen Luftstrahl des Föhns vorsichtig über dem Blatt hin und her. Nach einer Minute wollte er schon aufgeben, doch da kam langsam eine blaue Handschrift zum Vorschein.

»Verflucht, das gibt's doch nicht!«, rief er. Gleichzeitig wurde ihm bewusst, dass er seit langer Zeit das erste Mal wieder so etwas wie Begeisterung verspürte.

Konzentriert versuchte er, die krakelige Schrift zu entziffern, denn er wusste, dass sie verblassen würde, sobald die Temperatur des Papiers wieder sank.

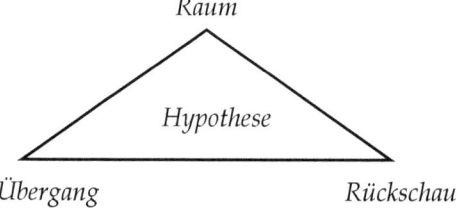

Eine Skizze. Er hatte keine Ahnung, was damit dargestellt werden sollte. Steht im Zentrum eine Hypothese? Was bedeuteten Raum, Übergang und Rückschau? Unter der Skizze stand noch etwas, das nach Ort und Datum aussah:

Palmiry, 4. Juli 1940

Die Skizze stammte also aus der Hitlerjungendzeit kurz nach den letzten Einträgen im Tagebuch. Aber was mochte daran so geheimnisvoll sein, dass Henning sie mit Geheimtinte in sein Tagebuch hineingeschrieben hatte? Vielleicht weil alles streng bestraft wurde, was nicht der Ideologie der Nazis entsprach?

Nach einer kurzen Recherche im Internet wusste er, dass es Palmiry tatsächlich gab. Es lag nahe Warschau, und dort waren viele Juden und Polen von den Nazis umgebracht worden. Vor allem polnische Gelehrte, die sogenannte »Inteligencja«, waren unter den Ermordeten. Einheiten der Hitlerjugend halfen mit, Gruben auszuheben. Henning gehörte offenbar auch dazu. Mist, ich habe vergessen, eine Aufnahme der Skizze zu machen, warf er sich vor. Nun war sie wieder verschwunden.

Neugierig nahm er sich die nächsten zwei Seiten vor. Die Schrift war wieder schlecht leserlich, der Text eher stichwortartig verfasst. Das Schreiben mit der Geheimtinte war wohl nicht einfach, da sie beim Schreiben nicht sichtbar war.

Aron hat keine Angst vor dem Tod
Lieber rasch erschossen werden als auf
dem Schlachtfeld zu verrecken
Will, dass Hypothese nicht verlorengeht
3 Forschungsbereiche

1.   Bereich Raum
Weltall mutmaßlich unendlich
Milliarden Galaxien
Hunderte Milliarden Sonnensysteme
Existenz von erdähnlichen Planeten wahrscheinlich
Intelligentes Leben wahrscheinlich

Weltall, Sterne und Planeten? Dann handelte es sich um Astronomie? Nur keine voreiligen Schlüsse ziehen, sagte er sich. Ich muss systematisch vorgehen. Rasch fotografierte er den Text mit seinem Mobiltelefon, bevor er wieder verblasste. Danach versuchte er, für sich den Text zu analysieren. Wer war Aron? Gemäß Wikipedia ist Aaron, mit »Aa« geschrieben, ein Vorname biblischen Ursprungs. Vielleicht gehörte Aron bzw. Aaron dieser »Inteligencja« an, welche die Nazi-Schergen in Palmiry gezielt ermordeten. Der Begriff »Hypothese« steht für eine »unbewiesene Annahme« und wird in verschiedenen Wissenschaften verwendet, was wiederum zu den ermordeten Wissenschaftlern passen würde. Dieser Aron wollte, dass seine Hypothese durch seinen Tod nicht verloren ging, deshalb teilte er sie einem Mitglied der Hitlerjugend mit. Und dabei handelte es sich um Henning. Und der hat die Hypothese mit Geheimtinte in sein Tagebuch geschrieben, vermutlich erst im Nachhinein, da er das Kobaltchlorid wohl kaum bei sich gehabt hatte. War er dran, eine kleine sensationelle Entdeckung zu machen?

Er las nochmal aufmerksam die Notizen zum »Bereich Raum« durch und durchforschte gleichzeitig Wikipedia nach den Begriffen, angefangen mit dem »unendlichen Weltall«. Für ihn war es nicht einfach, alles zu begreifen, was er da las. Man weiß nicht genau, ob das Universum unendlich groß ist oder doch irgendwie ein Ende hat. Falls es nicht unendlich ist, so wird ein Durchmesser von mindestens achtundsiebzig Milliarden Lichtjahren vermutet. Ihm fiel es schwer, sich das vorzustellen. Dass sich unser Universum seit dem Urknall vor geschätzten vierzehn Milliarden Jahren immer weiter ausdehnte, hatte er schon mal gelesen. Aber wie passten die vierzehn zu den achtundsiebzig Milliarden Lichtjahren?

Ferner fand er heraus, dass man aktuell davon ausgeht, dass es im beobachtbaren Universum etwa eine Billion Galaxien gibt. In unserer Galaxie, der Milchstraße, werden alleine rund zweihundertfünfzig Milliarden Sterne vermutet. Wenn um die meisten Sterne Planeten kreisen, wie wir um unsere Sonne, dann gäbe das eine unvorstellbare Zahl an Planeten, auf denen Leben wie auf der Erde existieren könnte. Ganz zu schweigen von möglichen Planeten in den unzähligen anderen Galaxien.

Er tippte in der Suchmaschine »Planeten außerhalb unseres Sonnensystems« ein. Gemäß Wikipedia wurden diese »Exoplaneten« genannt. Der erste wurde erst Anfang der 90er-Jahre entdeckt. Offenbar können diese nur indirekt nachgewiesen werden, zum Beispiel anhand der »Transitmethode«, mit der beobachtet wird, wie der Planet vor seinem Stern vorbeizieht. Bis ins Jahr 2017 wurden bloß etwa dreitausendfünfhundert Planeten entdeckt. Im Jahr 1940 sollte somit die Existenz von Exoplaneten noch für lange Zeit nicht nachweisbar sein, obgleich deren Vorhandensein durch die Wissenschaft wohl vermutet wurde.

Als Nächstes suchte er nach der Wahrscheinlichkeit von intelligentem Leben. Da gingen die Meinungen der Wissenschaftler offenbar auseinander. Da gab es die »Rare-Earth-Hypothese«. Demnach ist für die Entwicklung von Leben eine ganz besondere Konstellation notwendig, welche vielleicht einzig auf der Erde vorkommt. Der Planet muss sich beispielsweise in einer sogenannten habitablen Zone befinden, nicht zu nahe an seinem Stern und auch nicht zu weit weg. Dazu kamen noch ganz viele weitere Voraussetzungen.

Er dachte nach. Kann schon sein, aber eigentlich hat man ja keinen Plan, wie viele Planeten es überhaupt gibt, ganz zu schweigen, wie viele davon bewohnbar wären. Wie kann man da sicher sein, dass wir im ganzen Universum allein sind?

Er las weiter und stieß auf das »kopernikanische Prinzip«. Hier wurde angenommen, dass der Mensch nur eine typische durchschnittliche Stellung im Kosmos einnimmt. Scheint plausibel zu sein. Würde man unsere Sonne von einem entfernten Planeten aus betrachten, vielleicht aus einem in dem uns nächstgelegenen Sonnensystem, so würde sie wohl nur als Stern am Nachthimmel sichtbar sein und niemand würde auf die Idee kommen, dass um sie ein Planet mit intelligentem Leben kreist.

Was genau benötigt wird, damit sich Formen von Leben überhaupt irgendwann zu intelligentem Leben, wie den Menschen, weiterentwickeln können, ist nicht bekannt. Trotzdem gibt es Berechnungen, die davon ausgehen, dass es in unserer Milchstraße zehntausend Zivilisationen geben könnte, die jeweils etwa zweitausend Lichtjahre voneinander entfernt sind. Andererseits wird auch die Frage aufgeworfen, wieso es keine Anzeichen für weitentwickelte Zivilisationen gibt. Wäre eine hochentwickelte Zivilisation in der Lage, die weiten Distanzen im Weltall zurückzulegen, so könnte sie innerhalb kurzer Zeit die ganze Galaxis kolonialisieren und müsste daher eigentlich schon hier sein. Das sei aber offenbar nicht der Fall.

War man sich aber wirklich sicher, dass es keine extraterrestrischen Besucher gibt? Im Internet fand er zahllose Berichte über UFO-Sichtungen. Okay, die meisten sind wohl erfunden. Es gab aber auch ein paar glaubhafte Berichte. Zum Beispiel von Berufspiloten, die ein Flugobjekt gesehen hatten, das anscheinend

Flugbewegungen durchführen konnte, welche aufgrund unseres Verständnisses der Aerodynamik nicht möglich sind. Wieso sollten diese Piloten so etwas erfinden? Einige haben jahrelang gezögert, von der Begegnung zu erzählen, da sie befürchteten, als Spinner gebrandmarkt zu werden. Angeblich wurden einige Beobachtungen sogar von anderen Piloten oder von der Flugüberwachung bestätigt. Oder waren alle diese Berichte gefälscht? Ich weiß es nicht und kann es auch nicht überprüfen.

Mal angenommen, die Berichte treffen zu und es handelt sich wirklich um Begegnungen mit Außerirdischen: Wie kann man eine so große Distanz überwinden? Kann ein Raumschiff überhaupt auf Lichtgeschwindigkeit beschleunigt werden? Selbst wenn das möglich wäre, so würde es womöglich Tausende oder gar Millionen von Jahren dauern, bis sie unser Sonnensystem erreichen.

Er forschte weiter und stieß auf Theorien wie Wurmlöcher, mit deren Hilfe jede beliebige Distanz im Universum überwunden werden könnte. Oder gar die Existenz von Paralleluniversen, welche irgendwie mit unserem Universum in Verbindung stehen. Kaum vorstellbar, dachte er.

44

6

Er warf einen Blick auf die Uhr. Es war schon später Nachmittag. Er hatte über sechs Stunden damit verbracht, nach den Stichworten aus den alten Notizen zu forschen. Ohne etwas zu trinken oder zu essen. Sein Kopf schmerzte. Rasch holte er eine Packung Aspirin aus seinem Küchenschrank. Er schluckte zwei Tabletten und spülte sie mit einem Glas Wasser runter. Danach setzte er sich auf das Sofa im Wohnzimmer und lehnte sich zurück.

Die Hypothese hatte ihn in ihren Bann gezogen. Aber was konnte er aus seinen Nachforschungen schließen? Dass es außerirdisches intelligentes Leben geben musste? Dass dessen Existenz wahrscheinlicher war als die Nichtexistenz? Und dass sie schon da waren, wir es bloß nicht merkten? Dass das Weltall unendlich sein soll, überstieg seine Vorstellungskraft. Bedeutet dies, dass es auch unendlich viele Sterne und Planeten gibt? Dann wäre ja die Existenz von intelligentem Leben außerhalb unseres Sonnensystems so gut wie sicher. Oder eben doch nicht? Alles Fragen, auf die er nie mehr eine Antwort erhalten würde, überlegte er, während er die Augen schloss. Schon nach kurzer Zeit war er eingeschlafen.

Da drüben im Wald wurden Gefangene ausgeladen. Arme Schweine. Als die SS sich verzogen hatte, winkte mir eine Gestalt zu. Ich näherte mich vorsichtig dem Stacheldraht.

Scharführer und Rottenführer waren nicht zu sehen, die anderen lagen in den Zelten. Ich blieb aber wachsam. Es war verboten, mit den Gefangenen zu sprechen.

Es war ein Junge, er rief mir auf Deutsch etwas zu. Ließ ihn wissen, dass ich mit ihm nicht sprechen darf. Er stellte sich trotzdem als Aron vor. Jude also. Fragte, ob ich wisse, wann sie erschossen werden. Ich wollte schon gehen, als er sagte, dass er wisse, dass er erschossen werde. Es sei ihm egal. Lieber erschossen werden, als ein Leben unter solchen barbarischen Bestien zu führen. Er beneide uns Mitglieder der HJ nicht. Schon bald würden wir als Kanonenfutter im besten Fall von Granaten sofort zerfetzt. Wahrscheinlich würden wir jedoch auf dem Schlachtfeld elendig verrecken.

Ich lachte ihn aus. Sagte, dass uns der Sieg sicher sei und er als Feind unserer nationalsozialistischen Bewegung seine gerechte Bestrafung schon noch erfahren werde.

Er grinste nur verächtlich. Ob ich mich aber für Astronomie interessiere? Er befasse sich unter anderem mit der Frage, ob es in entfernten Galaxien Planeten und intelligentes Leben gebe. Ich zögerte. Mein Interesse war geweckt, besuchte ich doch vor der Reifeprüfung Kurse der HJ der Sternwarte Hamburg.

Sagte, er werde mir seine Hypothese mitteilen. Ich solle aufmerksam zuhören und es danach aufschreiben. Sonst gehe sie verloren.

Es gehe um eine wissenschaftliche Auseinandersetzung mit der Frage jenseits der Vernunft. Das Ziel ist sozusagen eine Antwort auf die vierte Frage Kants, welche nach dessen Theorie nicht zu beantworten sei. Der Professor Wladek

Zsutoski hatte mit seinen Studenten eine Hypothese formuliert. Den Professor haben die Nazis schon ermordet und die meisten seiner Studenten auch.

Die Hypothese hat drei Forschungsbereiche. Der umfangreichste davon ist der Bereich »Raum«. Das Weltall dehnt sich seit dem Urknall immer weiter aus. Es gibt vermutlich hunderte Millionen Galaxien mit Milliarden von Sternen. Laufend entstehen neue. Milliarden von Sternen werden von Planeten umkreist, wie in unserem Sonnensystem. Die Hypothese geht davon aus, dass sich in vielen Sonnensystemen intelligentes Leben auf einem lebensfreundlichen Planeten, ähnlich der Erde, entwickeln konnte, ja sogar musste. Planeten können von der Erde aus aber nicht entdeckt werden. Mit Periskopen können nur Sterne beobachtet werden. Ein Nachweis für Planeten fehlt bisher, da die Distanzen unüberwindbar groß sind. Millionen von Lichtjahren oder noch viel mehr.

»Was sind Lichtjahre?«, fragte ich Aron.

In der Dunkelheit konnte ich nur erahnen, wie er mich mit seinen braunen aufmerksamen Augen anblickte.

»Wenn du mit der Geschwindigkeit des Lichts durchs Weltall fliegen würdest, so wärst du für ein Lichtjahr ein ganzes Jahr lang unterwegs.«

Er wachte auf. Die Wanduhr im Wohnzimmer zeigte halb sechs an. Er hatte fast elf Stunden durchgeschlafen, so viel wie seit Ewigkeiten nicht mehr. Wieder hatte er geträumt. Diesmal von der Hypothese, von Aron und Henning. Es war wiederum ein sehr realistischer Traum gewesen, in dem er scheinbar die Identität von Henning angenommen hatte. Nun war er froh, dass er nicht Henning war und nicht zu diesen Mördern gehörte. Doch konnte er Henning überhaupt Vorwürfe machen? In jener Zeit durchlief er, wie die meisten Kinder und Jugendlichen, eine regelrechte Gehirnwäsche, dazu kam der Gruppenzwang. Wer nicht dazugehörte, wurde ausgestoßen, erniedrigt und fertiggemacht. Trotzdem wäre er an einer Fortsetzung des Traums interessiert gewesen. Wie konnte man es ertragen, dass all die Menschen in Palmiry einfach ermordet werden? Wie konnte man mit dieser unglaublichen Grausamkeit umgehen? Und wie ging es mit der Hypothese weiter?

Er stand auf und machte sich einen Kaffee. Es war Mittwoch. Ihm blieben noch vier Tage. Nach der morgendlichen Fahrradtour zur Bahnstrecke wollte er sich eine weitere Seite des alten Tagebuchs vornehmen.

Er war gerade auf dem Feldweg vom Fahrrad abgestiegen, als er erschrocken innehielt. Eine Gruppe von Nordic Walkerinnen kam ihm entgegen. Sofort erkannte er unter ihnen die Nachbarin der verstorbenen alten Frau.

»Hallo!«, rief sie ihm beim Vorbeigehen freundlich zu.

»Hallo«, erwiderte er unsicher.

Sie blieb stehen, die anderen drehten sich neugierig um.

»Geht nur schon mal weiter, ich hole euch sowieso bald wieder ein«, rief sie ihnen nach.

»Flirten steht aber heute Morgen nicht auf dem Programm«, sagte eine der Walkerinnen, die anderen kicherten.

»Wie geht es Ihnen?«, fragte sie. Sie trug schwarze Leggins und ein ärmelloses rosa Shirt. Die schwarze Haarmähne hatte sie nach hinten gebunden. Sie sah umwerfend aus.

»Äh, mir geht es gut, ich mache fast jeden Morgen eine kleine Runde mit dem Fahrrad«, antwortete er schüchtern. »Und Ihnen?«

»Mir geht es sehr gut.« Sie lächelte, wurde jedoch sogleich ernster. »Schon gestern hatte ich den Eindruck, dass mit Ihnen etwas nicht in Ordnung ist. Und nun bin ich fast erschrocken.«

»Erschrocken? Wie meinen Sie das?«

»Nach über dreißig Jahren im Pflegeberuf, davon viele in der Psychiatrie, sehe ich es einem Menschen sofort an, wenn es ihm nicht gut geht. Und Ihnen geht es gar nicht gut, nicht wahr?«

»Nun ja, Mitte fünfzig und langzeitarbeitslos. Wie soll es da einem gehen?«

»Das tut mir sehr leid. Sie scheinen sehr darunter zu leiden.« Sie blickte ihn besorgt an. »Ihr Gesicht ist völlig eingefallen und ich habe den Eindruck, dass Ihnen jeder Atemzug Schmerzen bereitet. Bestimmt haben Sie in den letzten Wochen massiv an Gewicht verloren. An Ihrer Stelle würde ich dringend professionelle Hilfe in Anspruch nehmen. Reden Sie möglichst bald mit Ihrer Ärztin oder Ihrem Arzt über Ihre Sorgen.«

»Ja, das kann ich machen. Aber an meiner Situation wird auch meine Hausärztin nichts ändern können«, sagte er verbittert.

»Nein, aber sie kann Ihnen helfen, den Weg zu sich selbst zurückzufinden und an sich zu glauben. Hilfe zur Selbsthilfe, sozusagen.«

»Okay, werde ich machen«, antwortete er nicht sehr überzeugt.

»Bitte denken Sie ernsthaft darüber nach«, forderte sie ihn nochmal auf. »Auf Wiedersehen.«

»Auf Wiedersehen«, sagte er leise, während sie sich bereits mit schnellen Schritten entfernte.

Verdammt, auf diese Begegnung hätte ich wirklich verzichten können. Nicht, dass er die schöne Dame nicht mochte, nein. Sie hatte jedoch nicht nur sofort erkannt, dass er am Ende war, sie hatte ihn sogar darauf angesprochen und ihn aufgefordert, sich Hilfe zu holen. Und sie hatte in jeder Hinsicht recht. Aber er hatte nun einen anderen Ausweg gewählt. Und das hatte sie glücklicherweise nicht bemerkt. Wenigstens das.

7

Nach der Begegnung mit der Schönen radelte er wie weggetreten nach Hause. Sie hatte seinen Gemütszustand schonungslos aufgedeckt und das war ihm selbst im Angesicht seines baldigen Todes äußerst peinlich.

Wieso berührt mich das dermaßen? Vielleicht weil sie an meinem letzten verbliebenen Stolz kratzte? Oder befürchtete ich, dass mein Vorhaben gestört werden könnte? Oder gefällt sie mir einfach zu sehr? Okay, klar gefällt sie mir, aber sie ist völlig außer Reichweite, kein Thema, nie im Leben. Und nein, meinen Plan kann sie nicht durchkreuzen.

Zu Hause versuchte er, sich wieder auf Hennings Tagebuch zu konzentrieren. Er schlug die nächste Seite auf und leitete vorsichtig die warme Luft des Föhns über das Papier. Erneut kam langsam eine blaue Handschrift zum Vorschein.

2.   Bereich Übergang
Übereinstimmende Berichte lassen auf
Indizien für Übergang schließen:
Außensicht
Tunnel
Licht
Begegnungen
Rückkehr

Ihm war überhaupt nicht klar, was das, was er da las, bedeuten sollte. Rasch machte er wieder ein Foto von der Seite.

Um welche übereinstimmenden Berichte es sich handelte, war unklar. Gemäß Definition sind Indizien »Anzeichen, von denen sich mit hoher Wahrscheinlichkeit auf einen Sachverhalt schließen lässt«. Und diese Anzeichen deuten auf einen »Übergang« hin. Aber was für einen Übergang? Eine Brücke, einen Grenzübergang oder einen Wechsel von einem Zustand zu einem anderen? Eine Brücke wohl kaum. Eher irgendeine Grenze im Rahmen einer wissenschaftlichen Untersuchung. Nach den anderen Begriffen zu suchen, ergab wohl keinen Sinn. »Außensicht« wurde sowohl in der Psychologie wie auch bei betriebswirtschaftlichen Themen erwähnt, meist in Zusammenhang mit einer »Innensicht«. Er grinste. Seine Innensicht stimmte wohl mit der Außensicht, welche die Schöne von ihm hatte, überein: Er fühlte sich völlig kaputt und so wirkte er auch auf sie. Die übrigen Begriffe könnten alles Mögliche bedeuten. Am Ende des Tunnels kommt ja meistens ein Licht, aber was hatte das mit Begegnungen und einer Rückkehr zu tun? Er dachte nochmal an die Skizze, von der er leider kein Foto gemacht hatte. Dort stand doch auch was von »Übergang«. Genau! Es war ein Dreieck und jede Ecke war beschriftet. Eine mit »Raum«, eine mit »Übergang« und eine mit sonst noch was, woran er sich nicht mehr erinnern konnte. Im Zentrum des Dreiecks stand aber »Hypothese«. Demnach mussten die Begriffe insgesamt etwas mit »Übergang« zu tun haben, ebenso wie ihn die Begriffe unter »Raum« darauf schließen ließen, dass es sich um Themen über das unendliche Weltall und mögliches intelligentes Leben handelte. Vielleicht muss ich mal nach allen Begriffen gemeinsam suchen, dachte er und gab »übergang außensicht tunnel licht begegnungen rückkehr« in die Suchmaschine ein. Das Suchergebnis brachte eine Vielzahl von unterschiedlichen Themen hervor. Eine Buchrezension, eine wissenschaftliche Abhandlung über Waldameisen, Beschreibungen von Eisenbahnstrecken, Berichte von Kunstausstellungen, Konzepte über Raumplanung und so weiter. Das kann es wohl auch nicht sein, fluchte er innerlich. Er entschloss sich, es erst mal mit der nächsten Seite zu versuchen.

3. Bereich Rückschau
Kinder bis ca. 6. Lebensjahr
Mehrheitlich Knaben
Gewaltsamer Tod oder Unfall
Rückschau wird nur selten erkannt
Kann aber oft validiert werden

Die Notizen betrafen also den dritten Bereich und beinhalteten keine Präzisierungen zu »Übergang«, stellte er enttäuscht fest. Wenigstens weiß ich nun, dass die letzte Ecke des Dreiecks mit »Rückschau« beschriftet war. Er ahnte, dass es auch hier nicht einfach werden würde, konkrete Hinweise zu finden. Offenbar handelte es sich um etwas im Zusammenhang mit Kindern, meistens Knaben bis zum Alter von 6 Jahren, welche tödlich verunfallt waren. Was bedeutete aber Rückschau? Was auch immer es war, es wird nur selten erkannt. Falls es erkannt wird, kann es oft überprüft werden. Bedeutet dies, dass diese »Rückschau« somit nachgewiesen werden kann? Er tippte »rückschau knaben gewaltsamer tod« in die Suchmaschine ein, ohne ein konkretes Ergebnis zu erwarten. Tatsächlich kamen seitenweise Berichte über Tötungsdelikte, Reportagen über Kriege, Missbräuche und so weiter. Mist, auch hier komme ich nicht weiter. Was hatte sich Henning nur dabei gedacht, solch wirres Zeugs aufzuschreiben? Wenn er wollte, dass nach seinem Tod jemand seine Notizen entschlüsseln kann, hätte er sie schon etwas präziser formulieren sollen. Oder habe ich etwas übersehen? Er schaute sich nochmal das erste Foto des Tagebuchs an:

Aron hat keine Angst vor dem Tod
Lieber rasch erschossen werden, als auf
dem Schlachtfeld zu verrecken
Will, dass Hypothese nicht verlorengeht
3 Forschungsbereiche

Aron will, dass die Hypothese nicht verloren geht, wiederholte er für sich. Es geht um drei Forschungsbereiche. Eines dieser Forschungsbereiche war das Weltall. Das schien eindeutig zu sein. Da konnte man mit Hilfe von Periskopen und Satelliten Forschung betreiben. Das hatte man im Laufe der Jahrzehnte seit Hennings Notizen ja auch gemacht. Inzwischen weiß man, dass es vermutlich Milliarden von Exoplaneten gibt. Aber einen Nachweis für intelligentes Leben oder überhaupt von Leben hat man bisher nicht gefunden.

Was für Forschungen konnte man aber für den Bereich »Rückschau« im Zusammenhang mit tödlich verunglückten Knaben durchführen? Was bedeutete »Rückschau« überhaupt?, fragte er sich, während er nach einem Synonym suchte. Rückschau bedeutete einen Blick in die Vergangenheit oder eine Erinnerung. Er passte die Suche leicht an mit »erinnerung knaben gewaltsamer tod«. Das Suchergebnis brachte erneut Berichte über tödliche Unfälle oder Verbrechen in Zusammenhang mit Kindern. Ob es um eine systematische Untersuchung solcher Fälle ging? Da war ein Artikel über oft verdrängte Erinnerungen von Missbrauchsopfern. Aber was hat das mit dem Weltall zu tun? Er scrollte weiter durch die Suchergebnisse. Ein Link zu einem Artikel einer bekannten Zeitung aus dem Jahr 2008 erregte seine Aufmerksamkeit.

Es handelte sich um eine Reportage über einen Uniprofessor aus Indien, der sich mit dem Thema Reinkarnation befasste. Er war einer von weltweit bloß sieben Wissenschaftlern, welche Forschungen dazu betrieben. Für die meisten anderen entstammte der Gedanke an eine Wiedergeburt der Fantasie von Esoterikern.

Die Berichte über eine Erinnerung an ein früheres Leben kämen fast ausschließlich von Kindern im Alter von zwei bis vier Jahren, die große Mehrheit davon wären Knaben, wurde der Professor zitiert. Ab einem Alter von fünf bis sechs Jahren scheinen die Erinnerungen zu verblassen. In den meisten Fällen waren die Kinder im vergangenen Leben an einem plötzlichen Tod, oft gewaltsam, gestorben. Das sei auch der Grund, weshalb es sich zum größten Teil um Knaben handelte, denn im Durchschnitt betreffen gewaltsame Todesfälle überwiegend Männer. In einigen Fällen wiesen die Kinder sogar unerklärliche Narben, wie von einer schweren Verletzung, auf. Der Professor sammelte solche Berichte systematisch. Da in Indien eine Wiedergeburt aufgrund der vorherrschenden Religion als naturgegeben betrachtet wurde, seien Berichte von konkreten Fällen in der Öffentlichkeit keine große Sensation. Viele seiner untersuchten Fälle seien allerdings nicht plausibel genug, um als Indiz für eine Reinkarnation zu gelten. Oft käme es vor, dass sich ein Kind aus einer armen Familie an ein früheres Leben eines reichen oder berühmten Menschen erinnerte. Dies deute auf eine frei erfundene Geschichte hin. Die Familie des Kindes erhoffe sich in solchen Fällen finanzielle Zuwendungen von der Familie des Verstorbenen. Besonders Fälle von Erinnerungen an ein Leben eines Menschen aus ärmlichen oder durchschnittlichen Verhältnissen, welcher zudem geographisch weit entfernt lebte, seien für die Wissenschaft sehr interessant. Solche Fälle seien zwar selten, doch sie kämen vor. Es wurde ein Beispiel eines Jungen genannt, der sich an Details aus seinem früheren Leben erinnern konnte. Offenbar zufälligerweise hatte er im Alter von vier Jahren in einer Fernsehsendung einen Bericht aus einer mehrere hundert Kilometer entfernten Kleinstadt gesehen. Er habe da gewohnt und da lebten auch seine Frau und Kinder, habe er seinen erstaunten Eltern erzählt. Der Vater des Jungen kontaktierte den Professor und dieser reiste mit der Familie in die frühere Heimatstadt des Jungen. Dort angekommen fand er sofort den Weg zum Haus, wo er einst gelebt hatte. Seine ehemalige Ehefrau und die zwei Töchter im Alter von zwölf und vierzehn Jahren sprach er mit ihren Vornamen an. Es stellte sich heraus, dass der Ehemann vor sechs Jahren bei einem Arbeitsunfall von einer Baumaschine erdrückt worden war.

Der Professor machte deutlich, dass solche Fälle keinen wissenschaftlichen Beweis für eine Reinkarnation darstellten. Auch auf den ersten Blick verblüffende Berichte könnten willentlich oder unbewusst gefälscht sein. Vielleicht hatte der Junge mal irgendwo etwas aufgeschnappt und seine Aussagen erwiesen sich zufälligerweise als richtig. Doch es gebe Fälle, wo er selbst solche Zweifel ausschließen könne. Und mit jedem solchen Fall würden sich die Indizien erhärten. Besonders in der westlichen Welt würden seine Forschungen als esoterische Fantasien abgewertet. Er plädierte dafür, das Thema breit und losgelöst von religiösen Einflüssen wissenschaftlich zu erforschen. Er erinnerte daran, dass es noch vor hundert Jahren undenkbar gewesen wäre, Schwarze Löcher im Weltall nachzuweisen. Und in hundert Jahren lache man vielleicht über unsere naive Annahme, die einzige intelligente Spezies im Universum zu sein.

Was soll ich davon halten? Von Berichten über eine Erinnerung an ein früheres Leben hatte er gehört, aber auch er war der Meinung, dass es sich dabei um Wunschdenken esoterisch angehauchter Fantasten handelte. Dass sich sogar Wissenschaftler damit beschäftigten, hatte er bisher nicht gewusst. Konnte es sich bei den Stichworten in Hennings Tagebuch tatsächlich um eine Auseinandersetzung mit dem Thema Reinkarnation handeln? Er versuchte, eine kurze Analyse zu erstellen, und notierte auf einen Schreibblock:

Tagebuch: Kinder bis ca. 6. Lebensjahr
Aussage Professor: Kinder im Alter von 2 bis 4 Jahren können eine Erinnerung an ein früheres Leben haben. Könnte passen.

Tagebuch: Mehrheitlich Knaben
Professor: Identische Aussage. Passt.

Tagebuch: Gewaltsamer Tod oder Unfall
Professor: Identische Aussage. Passt.

Tagebuch: Rückschau wird nur selten erkannt. Kann aber oft validiert werden.
Professor: Überprüfung durch Aussagen des Kindes vor Ort des Geschehens. Thema wird aber bisher zu wenig erforscht. Könnte passen.

Somit war es wahrscheinlich, dass es sich beim Forschungsthema »Rückschau« um das Sammeln von Fällen von Berichten über Reinkarnationen handelte. Etwa in der Art, wie es der indische Professor aus dem Zeitungsartikel praktizierte.

Aber gab es das wirklich? Gemäß Wikipedia spielte die Wiedergeburt in den Religionen des Hinduismus und Buddhismus eine wesentliche Rolle. Daher verblüfften solche Fälle in Indien kaum, da viele Menschen fest daran glaubten. Aber genau dieser Glaube daran könnte doch die angeblichen Erinnerungen der Kinder hervorbringen. Die Eltern würden ihren Kleinen sozusagen das Wort in den Mund legen. Gemäß dem Professor gab es jedoch auch Fälle, bei denen dies nicht der Fall war. Ich kann es jedoch nicht verifizieren.

Er studierte den Artikel in Wikipedia weiter. Die großen Religionen Christentum und Islam lehnten den Gedanken an eine Wiedergeburt ab, obschon das Thema in alten Überlieferungen offenbar Erwähnung fand. Hingegen wird die Reinkarnation in einigen Schriften des Judentums aufgeführt.

Im Altertum waren viele Gelehrte Verfechter einer Unsterblichkeit der Seele und einer steten Wiedergeburt, so lange, bis ein höherer Zustand erreicht wurde. In der neueren Zeit hatte sich die Wissenschaft davon abgewandt, da ein Nachweis unmöglich schien. Jedoch wurde es zu einem wesentlichen Thema von Anthroposophen, Spiritualisten und Esoterikern.

Sehr dubios also. Obschon eigentlich auch die meisten Religionen dubios sind. Da wird einem suggeriert, dass man, sofern man an die eine wahre Religion glaube, ins Paradies komme, und falls nicht, in die Hölle. Unter dieser Annahme kommen also nur wenige ins Paradies, da die meisten an das Falsche glauben. Völlig absurd, mir wäre es lieber, wenn nach dem Tod endgültig Schluss ist.

Er konnte sich eine gewisse Enttäuschung nicht verkneifen. Die Hinweise verdichteten sich, dass es sich bei der Hypothese um esoterisches Zeugs handelte.

Es war bald Mittag. Wie üblich verspürte er keinen Hunger. Dennoch zwang er sich, ein Joghurt zu essen. Es war das letzte, er musste wohl noch mal Einkaufen gehen. Das hatte aber etwas Zeit, erst wollte er sich kurz aufs Sofa legen. Die Recherche zur Hypothese hatte ihn müde gemacht.

8

»Wir gehen davon aus, dass sich auf vielen von diesen Planeten intelligentes Leben entwickelt hat. Diejenigen Zivilisationen, welche älter als unsere sind, sind uns bei Weitem überlegen«, fuhr Aron fort.

»Wieso sollen sie uns überlegen sein?«, fragte ich erstaunt.

In der Dunkelheit glaubte ich wahrzunehmen, wie Aron verächtlich grinste.

»Schau dich nur unter deinesgleichen um, dann siehst du die Gründe. Mit solchen gewalttätigen Bestien an der Macht wird unsere Zivilisation sehr schnell untergehen. Der Professor ging davon aus, dass nur ein Teil der Zivilisationen das Schwellenalter erreicht, ab dem ein exponentieller Fortschritt möglich ist.«

»Unsere nationalsozialistische Bewegung wird für die nächsten tausend Jahre die Welt beherrschen. Und unsere arische Rasse wir dieses Schwellenalter locker überschreiten«, wandte ich ein.

»Hör doch auf damit. Du weißt ja insgeheim genau, dass ihr mit euren Schlächtern direkt in den Untergang rast. Du wirst wie Millionen deiner Generation auf dem Schlachtfeld erschossen, von Granaten zerfetzt, erfrieren oder vor Erschöpfung und Hunger zu Grunde gehen. Nein, von diesem Schwellenalter seid ihr, aber auch wir alle, Jahrtausende entfernt. Stell dir vor, eine Zivilisation, die eine Entfernung von Millionen von Lichtjahren zurücklegen kann, ist uns in allen Bereichen überlegen. So weit kann eine Zivilisation nur kommen, wenn das Wohlergehen eines jeden Einzelnen im Zentrum steht und Habgier, Hochmut, Zorn und Neid überwunden werden. Falls eine Zivilisation das nicht schafft, so wird sie sich zwangsläufig selbst auslöschen.«

»Gibt es denn eine Zivilisation, welche solche Entfernungen überwinden kann?«

»Das wissen wir noch nicht, aber es gibt Hinweise dafür. Diese wollten wir systematisch sammeln und analysieren. Dann seid ihr Idioten gekommen.«

»Was für Hinweise?«

»Es handelt sich um Sichtungen von unerklärlichen Flugobjekten. Es sind Objekte, welche Flugeigenschaften aufweisen, welche mit den uns bekannten Flugzeugen unmöglich erreicht werden können. Es wird auch immer wieder von Begegnungen mit Außerirdischen berichtet. Anscheinend beobachten sie uns. Nun muss ich aber zum nächsten Forschungsbereich wechseln, sonst reicht die Zeit nicht aus.«

»Um was geht es beim nächsten Forschungsbereich?«

»Er nennt sich Übergang«, antwortete er.

Er richtete sich auf und atmete tief durch. Er fühlte sich unwohl. Nicht, dass er sich in den letzten Jahren mal besonders wohl gefühlt hätte, aber nun war da dieses beklemmende Gefühl, in eine befremdliche Lage geraten zu sein. Wieso, war ihm auch nicht klar. Eigentlich hatte ihn die Gewissheit, bald zu sterben, bisher beruhigt. Es hatte wohl etwas mit der Hypothese zu tun. Schon wieder hatte er von Henning und Aron geträumt. Nun waren die Gefühle noch viel stärker. War Henning etwa schwul und dabei, sich in den hübschen und charismatischen Aron zu verlieben? Er selbst war jedoch ein klassischer Hetero, hatte immer auf Frauen gestanden. Ich würde mich sofort in die schöne Krankenschwester verknallen, wenn die Umstände anders wären. Nein, es waren bloß Träume, Illusionen, produziert von meinem Hirn. Nichts weiter. Und es gab keinen Grund, sich davon verwirren zu lassen.

Auf seinem Laptop war immer noch die Seite über Reinkarnation offen. Den Abschnitt über den aktuellen Forschungsstand hatte er vorhin übersehen. Es gab auch einen Professor in den USA, der Forschungen zu Kindern mit Erinnerungen an ein früheres Leben betrieb. Er wechselte zum Eintrag über diesen Professor, einen gewissen Dr. Jacob Bourne von der Universität Philadelphia. Den Eintrag gab es nur auf Englisch. Soweit er es verstehen konnte, handelte es sich um einen Kinderpsychologen, der Berichte von Erinnerungen an ein früheres Leben beschaffte und erforschte. Er konzentrierte sich primär auf Fälle aus der westlichen Welt, vor allem aus den USA und Europa. Seine bisherigen Erkenntnisse fielen jedoch ganz ähnlich aus wie diejenigen seines indischen Kollegen. Es handelte sich zum größten Teil um Erinnerungen von Kindern bis zum Alter von vier bis sechs Jahren. Danach würden die Erinnerungen verblassen. Auch nach seinem Forschungsstand waren vor allem Knaben betroffen, welche in ihrem früheren Leben an einen gewaltsamen oder plötzlichen Tod gestorben waren. Auf seiner Internetseite gab es sogar Abbildungen von angeblichen Narben oder Verstümmelungen, welche die Kinder auf unerklärliche Weise von Geburt an hatten. Da war ein Foto einer geraden Narbe rund um den Kopf eines kleinen Jungen. Es wirkte so, als ob sein Schädel durch eine Machete gespalten worden wäre. Unweigerlich dachte er an den schrecklichen Völkermord in Ruanda von 1994, an den er sich noch gut erinnern konnte. Die Berichte im Fernsehen hatten ihn damals für lange Zeit verfolgt.

Ist da doch etwas dran?, fragte er sich. Wieso sollte ein Universitätsprofessor so wirres Zeugs in die Welt setzen? Er klickte sich weiter. Da gab es einen Bericht über einen Jungen aus Butte, Montana, der, sobald er zu sprechen anfing, von Schiffen erzählte. Je besser er sprechen konnte, desto deutlicher wurden seine Erzählungen. Er war auf einem großen Schiff. Neben ihm waren noch ganz viele andere Jungen dabei. Er half mit, die Maschinen anzutreiben. Seine Mutter hatte Angst um ihn, aber er wollte gegen die Feinde kämpfen. Seine Eltern waren sehr erstaunt über die Erzählungen ihres Sohnes, denn mit Schiffen oder Seefahrt hatte die Familie aus dem Städtchen in den nördlichen Rocky Mountains nichts am Hut. Der Vater arbeitete als Elektroingenieur in der Solarbranche und die Mutter war Lehrerin. Beide waren sehr musikalisch und musizierten oft zu Hause. Die Erzählungen des Kleinen wurden immer abenteuerlicher, je besser er sprechen konnte. Angeblich hieß er Eddy Green, war »Stoker« und das Schiff nannte sich »Princess of Waves«. Ihr Auftrag war es, zusammen mit einem anderen Schiff, der »Hermes«, die gefährliche deutsche »Hindenburg« abzufangen. Dabei wurden fast alle ihre Kameraden auf der »Hermes« getötet, als diese nach einem Treffer der »Hindenburg« explodiert war. Sie konnten aber entkommen und später fuhr auch der »Prime Minister« mit. Monate später hatten jedoch die Japaner das Schiff mit Flugzeugen angegriffen. Sie waren schwer getroffen worden, das Schiff sank und er hatte es nicht geschafft, aus dem Maschinenraum zu entkommen. Die Mutter des kleinen Jungen berichtete von regelmäßigen Alpträumen, bei denen er von hereinbrechenden Wassermassen träumte, die ihn zu ersticken drohten. Lange Zeit hatten die Eltern den Geschichten des Jungen keinen Glauben geschenkt. Doch eines Tages recherchierte der Vater nach dem Namen des Schiffes im Internet. Das Schiff hatte es tatsächlich gegeben. Es wurde 1941 als neues Schlachtschiff der Royal Navy in Dienst gestellt. Beim Gefecht gegen das deutsche Schlachtschiff »Hindenburg« wurde es beschädigt, während das zweite beteiligte britische Schiff, die »Hermes«, versenkt wurde. Über eintausendsechshundert Besatzungsmitglieder kamen um, nur sieben Mann überlebten. Später fuhr der Premierminister Winston Churchill an Bord der »Princess of Waves« zu einem Treffen mit dem US-Präsidenten Roosevelt nach Kanada. Im Dezember 1941 wurde das Schiff aber bei Malaysia von japanischen Flugzeugen bombardiert und versenkt. Von den tausendfünfhundert Mann Besatzung ertranken etwa vierhundert. Der Vater kontaktierte daraufhin Professor Bourne. Dieser führte diverse Interviews mit dem damals vierjährigen Jungen durch. Der Kleine konnte sich sogar an mehrere Namen von Kameraden an Bord der »Princess of Waves« erinnern. Nachforschungen hatten ergeben, dass sie tatsächlich zur Besatzung gehörten, jedoch waren alle der Überlebenden inzwischen verstorben. Auch ein 18-jähriger Junge namens Eddy Green war als Heizergehilfe, auf Englisch »Stoker«, an Bord gewesen und beim Untergang umgekommen. Gemäß dem Professor war der Fall eher untypisch, da zwischen Tod und Geburt eine recht lange Zeit vergangen war. Bei den meisten Fällen lag die Zeitspanne bei zwei bis drei Jahren.

Wirklich unglaublich. Entweder traf das alles zu oder aber der Fall war fingiert. Das wäre mit Hilfe des Internets auch nicht schwierig gewesen. Man konnte sich stets über vergangene Ereignisse informieren. Aber wieso sollten die Eltern so etwas machen? Nur wegen der Publicity? Oder gab es Geld für Auftritte in Talkshows und Berichten in den Medien? Ein Vermögen konnte man damit wohl kaum machen, eher riskierte man, als Spinner abgetan zu werden. Wobei es wahrlich viele Spinner gab, überlegte er.

Eine Weile noch durchforschte er die Internetseite. Es gab auch diverse Videos mit Vorträgen und Interviews von und mit dem Professor. Er machte den Eindruck eines besonnenen und analytischen Wissenschaftlers, der verständlich und nachvollziehbar argumentierte. Keine Spur von esoterischem Hokuspokus.

9

Es war schon später Nachmittag, als er sich dazu überwinden konnte, in den Supermarkt zu laufen, um sich noch ein paar Joghurts und ein Brot zu kaufen. Damit sollte er bis am Samstag durchkommen. Zu Hause aß er ein fades Früchtejoghurt und kaute dazu ein Stück Brot. Danach fühlte er sich schon fast vollgefressen. Irgendwie mochte er sich nicht mehr mit der Hypothese beschäftigen. Was hatte ihm die anstrengende Recherche gebracht? Eigentlich nur die Erkenntnis, dass ein Themenbereich das Weltall umfasste und ein anderer Bereich möglicherweise das Gebiet der Reinkarnationsforschung. Letzteres war jedoch nicht gesichert, vielleicht hatte er falsche Rückschlüsse gezogen und es ging eigentlich um etwas ganz anderes. Und zum dritten Bereich »Übergang« hatte er nichts Konkretes gefunden. Überhaupt hatte er keine Ahnung, welche Hypothese aus den Erkenntnissen abgeleitet werden konnte. Egal, was die Hypothese schlussendlich bedeutet hätte, es spielte für ihn so oder so keine Rolle mehr. Seine Zeit ging zu Ende. Zum Glück. Nur noch drei Mal schlafen, dann war alles vorbei.

Er schreckte auf. Es dauerte einen Moment, bis er begriff, dass sein Mobiltelefon klingelte. Das kam selten bis nie vor.

»Hallo«, sprach er ins Mikrofon.

»Papi? Hallo!«, ertönte eine weibliche Stimme. »Wie geht es dir? Schon lange nicht mehr gehört.«

Es war Vanessa, die ältere Tochter. Offenbar war sie unterwegs nach Hause und lief gerade durch die Stadt. Er hörte, wie ein Tram vorbeifuhr und dabei warnend klingelte.

»Schön, dass du dich mal meldest. Mir geht es gut. Und dir?«

»Mir geht es prächtig. Nächste Woche fahren wir für zwei Wochen in die Toskana. Dennis hat in Follonica einen kleinen Bungalow gemietet. Wir nehmen die Mountainbikes mit.«

»Toll! Das freut mich für euch.«

»Ja, ich freue mich mega. Vor allem aufs feine Essen. Und was machst du so?«

Sie wagte es nicht, sich danach zu erkundigen, ob er inzwischen eine Stelle gefunden hatte. Kein Wunder.

»Ich war eben noch was einkaufen. Ich habe mich gestern auf eine Stelle bei einem Chemieunternehmen beworben.«

»Klingt gut. Dieses Mal klappt es sicher«, sagte sie. Es klang nicht überzeugt.

»Ja, ich hoffe es auch.«

»Ich muss Schluss machen. Mein Tram kommt gleich.«

»Kein Problem. Schöne Ferien und Grüße an Dennis.«

»Danke! Tschüss, Papi!«, sagte sie und legte auf.

O je. Jetzt vermiese ich ihr noch den Urlaub. Aber das ließ sich nun mal nicht vermeiden. Auf keinen Fall wollte er seinen Plan aufschieben.

Während er den Küchentisch abräumte, ging es ihm durch den Kopf, dass er eben zum letzten Mal mit seiner Tochter gesprochen hatte. Nicht gerade ein würdiger Abschied. Aber egal. Mit pathetischem Geschwafel hätte er sie nur beunruhigt. Irgendwie waren ihm seine Mädchen in den letzten Jahren fremd geworden. Früher hatte er sich oft um die Probleme und Sorgen seiner Töchter gekümmert. Jasmin, die jüngere, war sehr pflegeleicht gewesen. Vanessa hatte seiner Frau und ihm jedoch oft Sorgen bereitet. Während ihrer Pubertät hatte er gar befürchtet, dass sie auf die schiefe Bahn geraten könnte. Sie hatte eine Zeit lang einen dubiosen Freund gehabt, der regelmäßig Drogen konsumierte. Dann hatte sie aber irgendwie die Kurve gekriegt, machte eine kaufmännische Lehre, bekam ihren Job bei einer Versicherung und lernte dort ihren aktuellen Freund kennen. Er war ein begeisterter Mountainbiker, galt eine Zeit lang sogar als Nachwuchshoffnung. Er kaufte ihr ein gebrauchtes Bike und seitdem unternahmen sie ausgedehnte Touren. Früher hätte er ihr das nie zugetraut. In der fünften oder sechsten Klasse hatte ihn mal ihr Klassenlehrer angerufen. Die Klasse war für eine Woche in ein Schullager ins Emmental gefahren. Sie hatte sich geweigert, auf eine Fahrradtour mitzugehen, und der Lehrer hatte ihn gebeten, ihr zuzureden. Er musste beim Gedanken daran grinsen. Sein Zureden hatte nichts gebracht. Der Lehrer war jedoch hartnäckig gewesen und hatte sie irgendwie doch noch dazu motiviert, die Tour mitzumachen. Wie hieß er nur schon? Widmer oder Wittwer? Da war aber noch etwas gewesen mit ihm. Er hatte einen schweren Autounfall gehabt und mehrere Wochen im Krankenhaus verbringen müssen. Seiner Klasse hatte er danach von einem eigenartigen Erlebnis berichtet, das er kurz nach dem Unfall gehabt hatte. Er war bewusstlos, hatte einen Herzstillstand und sah sich selbst, schwer verletzt im Auto eingeklemmt. Er schwebte irgendwie über der Unfallszene und konnte das Geschehen bei seiner Bergung und Reanimation beobachten. Dann war da plötzlich ein Tunnel mit einem Licht, in das er hineinging. Dabei fühlte er sich sehr glücklich und schmerzfrei. Hatte er nicht noch von irgendwelchen Leuten berichtet, denen er während seiner Bewusstlosigkeit begegnet war? Er wusste es nicht mehr genau. Vanessa war davon jedenfalls fasziniert gewesen. Er hatte ihr erklärt, dass es sich bloß um Halluzinationen eines schwerverletzten bewusstlosen Menschen gehandelt haben musste. Sowas käme vor.

Ein paar Minuten saß er da und dachte an die vergangenen Zeiten. Er war sich nicht sicher, ob er ihnen nachtrauern sollte oder nicht. Das Rad konnte er aber nicht zurückdrehen. So gut, wie er das Leben damals empfunden hatte, war es wohl gar nicht gewesen. Seine Frau war in ihrer Beziehung vermutlich nie glücklich gewesen und er Idiot hatte dies nicht wahrhaben wollen. Egal, nun war sowieso bald alles vorbei.

Unverhofft kam ihm da ein Gedanke. Er ergriff sein Mobiltelefon und suchte das Foto des zweiten Bereichs »Übergang« hervor.

Übereinstimmende Berichte lassen auf Indizien für Über-
gang schließen:
Außensicht
Tunnel
Licht
Begegnungen
Rückkehr

Entsprachen diese Begriffe nicht dem Erlebnis, welches der Lehrer gehabt hatte? Außensicht war die Beobachtung von sich selbst von oben herab. Dann kam der Tunnel mit dem Licht, möglicherweise Begegnungen und schließlich die Rückkehr ins Leben. Er klappte seinen Laptop auf und suchte nach »unfall tunnel licht begegnung rückkehr«. An zweiter Stelle der Suchergebnisse stand »Nahtoderfahrung«.

Davon hatte er schon gehört, sich aber nie damit auseinandergesetzt. Gemäß Wikipedia handelte es sich um persönliche Erfahrungen, die von Menschen erlebt wurden, welche sich meistens in lebensbedrohlichen Situationen befunden hatten, sei es bei Unfällen oder schweren Erkrankungen. Manche hatten für Minuten einen Herzstillstand und galten bereits als verstorben. Die Betroffenen berichteten davon, dass sie sich selbst von außen, meist von oben her, betrachten konnten. Typischerweise kamen sie dann – oft durch eine Art Tunnel – in ein Licht. In den meisten Fällen fühlten sie sich dabei sehr wohl und glücklich. Manche berichteten von Begegnungen mit bereits verstorbenen Familienangehörigen, aber manchmal auch mit unbekannten Wesen. Praktisch alle verspürten den Wunsch, an diesem Ort zu bleiben und nicht in ihren Körper zurückkehren zu müssen.

Sie kehrten aber zurück, sonst hätten sie nicht darüber berichten können. Er studierte den Artikel weiter.

Einige, darunter Religiöse und Esoteriker, waren der Meinung, dass es sich bei solchen Berichten um einen Beweis für die Existenz eines Jenseits handelte. Wissenschaftliche Erklärungsversuche gehen jedoch davon aus, dass das Hirn bei einem Herzstillstand viel länger als bisher angenommen aktiv sein könne. Man nehme an, dass dabei solche vermeintlich übersinnlichen Erfahrungen erzeugt werden. Allerdings sei ein wissenschaftlicher Beweis für diese These noch nicht erbracht worden.

Kann es sich beim zweiten Bereich »Übergang« tatsächlich um Nahtoderfahrungen handeln?, fragte er sich. Könnte durchaus zutreffen und würde auch zum dritten Bereich »Rückschau« passen. Oder war er auf dem Holzweg? Driftete er zu esoterischen Fantasien ab, während mit »Übergang« und »Rückschau« eigentlich etwas ganz anderes gemeint war?

Er suchte nach »Nahtoderfahrungen«. Es wurden zahllose Videos aufgeführt, in denen Menschen von ihren Erlebnissen berichteten. Er schaute sich eins davon an. Es handelte von einer jungen Frau, die im Alter von acht Jahren von einem Klettergerüst gestürzt war. Plötzlich schien sie über dem Ort des Geschehens zu schweben. Sie sah sich bewusstlos am Boden liegen. Konnte den Notarzt und die Rettungssanitäter beobachten, welche sie reanimierten. Dann kam sie in ein Licht, wo sie sich sehr wohl und glücklich fühlte. Eine liebliche Gestalt fragte sie, ob sie nicht zurückgehen wolle. Doch sie wollte dableiben, so glücklich fühlte sie sich. Danach zeigte ihr die Gestalt durch eine Art Fenster hindurch, wie ihre Mama und ihr Papa an den Ort des Unfalls eilten. Wie sie vor Verzweiflung weinten. Sie zögerte. Dann kam sie zurück in ihren Körper und wachte erst nach ein paar Tagen im Krankenhaus wieder auf. Sie war fest überzeugt, dass es sich nicht um einen Traum oder eine Halluzination gehandelt hatte. Es hatte sich wirklich so zugetragen. Seitdem hatte sie keine Angst vor dem Tod mehr, nein, sie freute sich sogar darauf. Auch befasse sie sich nun mit spirituellen Themen.

Du meine Güte, die Arme war durch ihr Erlebnis auf die spirituelle Bahn geraten. So sehr, dass sie sich nun sogar auf den Tod freute.

Er war doch auch froh, dass seine Existenz bald ein Ende finden würde, musste er zugeben. Bei ihm war es aber vielmehr ein Ausweg aus der Scheiße, in der er sich befand, jedoch gab es keine Vorfreude auf den Tod. Dass danach etwas kommen sollte, konnte er sich nicht vorstellen. Er schaute sich nochmal ein Video an.

Da berichtete ein etwa fünfzigjähriger Mann von seinem schweren Motorradunfall. Im Spital mussten sie ihn stundenlang notoperieren. Auch er schien plötzlich über sich zu schweben und konnte die Ärzte im Operationssaal beobachten. Er hörte, wie einer bemerkte, dass sie ihn verlören, zu schlimm seien die Verletzungen. Plötzlich setzte sein Herzschlag aus. Er schaute zu, wie sie versuchten, ihn wiederzubeleben. Dann sah er ein helles Licht neben sich. Er ging hinein, fühlte sich dabei wohl und glücklich. Im Licht warteten seine verstorbenen Eltern auf ihn. Sie zeigten ihm seine Familie, die im Spital um sein Leben bangte. Die Kommunikation funktionierte ohne Sprache. Wie genau, wusste er nicht. Aber sie teilten ihm mit, dass seine Zeit noch nicht gekommen sei und er zurückkehren müsse. Er wollte nicht, doch sie wiederholten nur, dass es noch nicht so weit sei. Da zog es ihn regelrecht wieder in seinen geschundenen Körper, wo er augenblicklich das Bewusstsein wieder verlor. Er wachte erst nach einer Woche aus einem künstlichen Koma auf. Ein Bein hatte amputiert werden müssen, zudem hatte er lebensbedrohliche innere Verletzungen erlitten. Er erfuhr, dass er während der Operation mehrmals hatte wiederbelebt werden müssen. Die Ärzte hatten ihn schon fast aufgegeben, doch plötzlich hatte sein Herz wieder zu schlagen begonnen.

Auch er war fest überzeugt, dass sich das Erlebte wirklich zugetragen hatte. Ganz am Schluss des Beitrags erfuhr man, dass der Mann ein Bauunternehmen besaß und sich nie für spirituelle oder religiöse Dinge interessiert hatte. Seit seinem Unfall war aber auch er überzeugt, dass es mit dem Tod nicht zu Ende ist.

Dass offenbar sogar ein nüchterner Unternehmer zum Esoteriker wurde, überraschte ihn. Das hätte er nicht erwartet. Nachvollziehen konnte er es aber dennoch nicht. Er vermutete, dass die Annahme der Wissenschaftler zutraf, wonach es sich um Illusionen, produziert von unserem Gehirn, handeln musste. Die Illusionen mussten aber dermaßen echt wirken, dass man danach fest davon überzeugt war, tatsächlich Kontakt zu einem vermeintlichen Jenseits gehabt zu haben.

Es war neun Uhr. Seine Entdeckung zum letzten Forschungsbereich hatte ihn aufgeweckt.

10

Erst um vier Uhr früh legte er sich ins Bett. Sofort einschlafen konnte er dennoch nicht. Es war Donnerstag. Ihm blieben noch knapp drei Tage.

Fast die ganze Nacht hindurch hatte er Berichte über Nahtoderfahrungen angeschaut. Die Menschen, die da von ihren Erlebnissen berichteten, kamen aus den unterschiedlichsten Schichten. Da waren Arbeiter und Hausfrauen dabei, aber auch Akademiker, Unternehmer, sogar zwei Ärztinnen und ein Pfarrer. Es betraf etwa zu gleichen Teilen Frauen und Männer. Lange nicht alle machten auf ihn einen esoterischen oder spirituellen Eindruck. Aber nicht nur direkt betroffene Menschen berichteten von Fällen. Besonders ein Beitrag hatte ihn stutzig gemacht.

Es war ein Bericht einer Herzchirurgin. Sie erzählte von einem Patienten, den sie notoperieren mussten. Während der Operation setzte der Herzschlag aus und die Wiederbelebungsversuche schlugen fehl. Sie und ihr Team mussten die Operation abbrechen und den Patienten für tot erklären. Sie stellten das Beatmungsgerät ab und nähten den Brustkorb, wie bei Todesfällen üblich, behelfsmäßig zu. Währenddessen kam ein hochgewachsener Krankenpfleger in den Saal, um ihr etwas zur nächsten Operation mitzuteilen. Danach unterhielt sie sich noch ein paar Minuten mit dem Anästhesisten über den Todesfall, aber auch über private

Angelegenheiten. Die Assistenzärzte und Krankenschwester waren bereits früher gegangen. Die Reini-
gungscrew wollte gerade ihre Arbeit aufnehmen, als
das Narkosegerät, das noch lief, plötzlich einen schwa-
chen Puls anzeigte. Sofort ließen sie die anderen zu-
rückholen und diese setzten die Operation fort. Seit
den erfolglosen Wiederbelebungsversuchen war eine
halbe Stunde vergangen.

Als der Patient nach einigen Tagen wieder ansprech-
bar war, berichtete er der Chirurgin von seinem Erlebnis, das er während der Operation hatte. Er schwebte
im Raum und konnte alles beobachten: Wie sein Herzschlag aussetzte, die erfolglosen Wiederbelebungsversuche, das Zunähen des Brustkorbs, der große Pfleger,
der in den Operationssaal kam, das Gespräch zwischen
der Chirurgin und dem Anästhesisten. Alles, wie es
sich wirklich zugetragen hatte. Die Herzchirurgin hatte
keine medizinische Erklärung für den Vorfall. Der Patient hätte gar nicht überleben, geschweige denn etwas
von der Operation mitbekommen können. Sie wisse
aber, dass andere Kolleginnen und Kollegen auch
schon solche Fälle erlebt hatten. Sie sei keine Esoterike-
rin, aber überzeugt, dass die aktuelle Wissenschaft
noch lange nicht alles wisse.

In einem anderen Beitrag nahm ein Neurologe eine
gegenteilige Ansicht ein. Er sei überzeugt, dass ein
Nahtoderlebnis keine Begegnung mit einem Jenseits
sei, sondern bloß eine vom Gehirn erzeugte Illusion.
Man wisse heute, dass das Hirn nach einem Herzstillstand noch viel länger als bisher angenommen aktiv

sein kann. Außerdem wisse man nicht, wann die vermeintlichen Nahtoderlebnisse tatsächlich auftreten. Es könnte sein, dass diese erst im Nachhinein entstehen, beispielsweise während eines Komazustands nach einer schweren Operation. Nach dem Aufwachen aus dem Koma hätten die Patienten den Eindruck, während ihrer Operation aus dem Körper entschwebt zu sein, obwohl sie dies später bloß geträumt hatten.

So wird es wohl sein. Sofern aber der Bericht der Herzchirurgin echt war, so wäre es doch sehr unwahrscheinlich, dass dem Patienten zufälligerweise exakt die Geschehnisse während der Operation in einem Traum vorkamen. Geschehnisse, die er unmöglich hätte wahrnehmen können. Egal. Hoffentlich kommt nichts mehr nach dem Tod. Kein Licht, keine Begegnungen, kein neues Leben. Wiedergeburt und damit nochmal ein Leben unter lauter Arschlöchern? Nein, darauf kann ich verzichten.

»Der Professor sammelte schon seit Jahren eigenartige Berichte von Menschen, welche beinahe gestorben waren«, sagte Aron. »Die ersten kamen von Bergsteigern, die abgestürzt waren, jedoch schwer verletzt überlebt hatten. Sie erzählten von einem schönen Erlebnis, dass sie in ein Licht kamen und sich dabei sehr glücklich fühlten.«

»Ihr sammelt also Erlebnisse von verunfallten Bergsteigern, welche ein Delirium durchlebt haben?«, fragte ich spöttisch.

»Die haben kein Delirium durchlebt, sondern offenbar eine Schwelle überschritten. Darum geht es in diesem Forschungsbereich. Solche Erfahrungen machten nicht nur abgestürzte Bergsteiger, sondern auch verunfallte oder todkranke Menschen. Meistens haben sie erst eine Außensicht. Sie schweben über ihrem sterbenden Körper und können später diese Szene genau beschreiben. Dann kommen sie in ein Licht und manchmal begegnen sie dort anderen Wesen. Alle berichten davon, dass sie sich im Licht sehr wohl und glücklich fühlten. Allerdings kommt es anschließend gezwungenermaßen zu einer Rückkehr, sonst könnten sie darüber nicht berichten.«

»Das ist doch Blödsinn.«

»Nein, kein Blödsinn. Der Professor sagte immer, dass das Phänomen etwa so unbegreiflich ist wie das Universum. Wir wollten solche Berichte systematisch sammeln und überprüfen. Der Fokus lag auf den Beobachtungen aus der Phase der Außensicht, als sie über ihrem eigenen Körper zu schweben schienen. Je mehr solche Beobachtungen validiert werden können, desto mehr erhärten sich die Indizien.«

»Indizien, was sind Indizien?«

Aron grinste, offenbar amüsiert darüber, dass ich solche wissenschaftlichen Ausdrücke nicht verstand.

»Indizien sind Anzeichen, von denen sich mit hoher Wahrscheinlichkeit auf einen Sachverhalt, eine Situation oder einen Zustand schließen lässt.«

»Kannst du das auch einfacher erklären?«

»Je mehr sich solche Beobachtungen als nachweislich korrekt erweisen, desto wahrscheinlicher ist es, dass diese Leute tatsächlich über ihrem Körper schwebten. Und wenn sie tatsächlich über ihrem Körper schwebten, dann stellt sich die Frage, wie das möglich ist.«

»Ja, wie ist das möglich?«

»Das wissen wir nicht. Der Professor hatte eine Zeit lang die Vermutung, dass sich Atome in unterschiedlichen Ebenen bewegen und sozusagen die Frequenz wechseln können. Allerdings hat er davon zuletzt wieder Abstand genommen. Er glaubte eher an einen uns unbekannten Zustand. Einen Zustand ohne Materie, Raum und vielleicht auch Zeit. Unser Bewusstsein wechselt in diesen Zustand und ist in der Lage, weiterhin Geschehnisse wahrzunehmen, ja sogar mit anderen Individuen zu kommunizieren.«

»Das hört sich für mich eher nach Hokuspokus an«, entgegnete ich.

»Ja, für viele ist das ein Schwachsinn. Aber in der Wissenschaft wurden schon immer neue Entdeckungen erst mal verspottet. Beispielsweise wurde die Existenz von Atomen schon lange Zeit von Philosophen vermutet, von der Wissenschaft aber verworfen, da man sie nicht nachweisen konnte. So könnte es auch mit unserer Hypothese sein. Weißt du, dass es bereits Maschinen gibt, welche mit Hilfe von fest hinterlegten Rechenoperationen komplexe Berechnungen durchführen können? Sogar ihr Nazi-Mörder forscht an solchen Maschinen. Der Professor ging davon aus, dass unser Bewusstsein mit den in diesen Maschinen eingebauten Befehlen verglichen werden kann. Diese mit Hilfe der Elektrizität ausgeführten Befehle kann man nicht sehen oder anfassen. Man arbeitet aber daran, um sie auf Lochkarten abzuspeichern, damit sie außerhalb der Maschine aufbewahrt und später auf andere Maschinen übertragen werden können.«

»Ihr glaubt also, dass der Inhalt unseres Hirns auch außerhalb des Körpers weiter existieren kann?«

»Glauben ist das falsche Wort, aber wir forschen in diese Richtung.« Einen Moment lang hielt er inne. »Wir forschten in diese Richtung, bis ihr Mörder alles zerstört habt«, korrigierte er sich.

Nach ein paar Sekunden fuhr er fort. »Auch der dritte Forschungsbereich ›Rückschau‹ hat damit zu tun.«

Er erwachte schweißgebadet. Sein Wecker zeigte zehn vor neun. Erneut hatte er von Aron und Henning geträumt. Henning hatte sich inzwischen eindeutig in Aron verliebt, daran bestand für ihn kein Zweifel.

Aber wieso träume ich solches Zeugs, verdammt noch mal? Ich beginne wohl langsam meinen Verstand zu verlieren.

Er stand auf und öffnete das Fenster des Schlafzimmers. Es war sonnig, die Temperatur würde bestimmt wieder auf über fünfundzwanzig Grad steigen. Nach einer Dusche bereitete er sich einen starken Kaffee zu. Einen Moment lang zögerte er, seinen täglichen Fahrradausflug zur Eisenbahnstrecke zu unternehmen. Eine erneute peinliche Begegnung mit der schönen Krankenschwester wollte er möglichst vermeiden.

Egal. Heute bin ich viel später dran als gestern und die Wahrscheinlichkeit, dass sie ihre Walkingrunde um dieselbe Zeit absolviert, ist wohl eher gering.

Seine Annahme sollte sich bestätigen. Die Walkerinnen ließen sich nicht blicken. Während er der Bahnstrecke entlangradelte, dachte er über die Hypothese nach. Sie beschäftigte ihn so sehr, dass sie ihn in seine Träume verfolgte. Aber was genau sagte sie aus? Er versuchte, seine Erkenntnisse für sich selbst gedanklich durchzugehen:

> Das Weltall ist wahrscheinlich unendlich groß.
> Es besteht eine gewisse Wahrscheinlichkeit, dass es auf zahlreichen Planeten intelligentes Leben gibt.
> Es gibt vielleicht sogar Anzeichen, dass intelligente Wesen von fernen Planeten zu uns kommen. Sie bleiben jedoch verborgen und ihre Existenz wird von der Öffentlichkeit angezweifelt.
> Gleichzeitig kann man aufgrund von zahlreichen Nahtodberichten darauf schließen, dass nach dem Tod unser Bewusstsein weiter existiert.
> Außerdem weisen Erinnerungen von jüngeren Kindern an ein früheres Leben darauf hin, dass das Bewusstsein einer vor Jahren verstorbenen Person in einem anderen Körper wiedergeboren werden kann.

Kann das wirklich sein?, fragte er sich. Nüchtern betrachtet, klingt das alles nach esoterischen Wunschvorstellungen, gepaart mit einem Anfall von Ufologie. Außerdem haben die Erkenntnisse keinen Zusammenhang. Wie sollte man daraus eine Hypothese ableiten können?

Oder irrte er sich und es ging bei den Forschungsbereichen, mal abgesehen vom Weltall, um etwas völlig anderes? Ja, das könnte sein. Vermutlich war er auf dem Holzweg. Erst mal wollte er die übrigen Seiten im Tagebuch untersuchen. Er fuhr zurück nach Hause, ohne an der Bahnstrecke angehalten zu haben.

11

Beim Hauseingang stach ihm sein Briefkasten ins Auge, der bis an den Rand gefüllt war.

Mist, ich habe ihn bestimmt seit einer Woche nicht mehr geleert.

Er kramte den Schlüssel hervor. Zwischen Gratisanzeigern und Werbesendungen fand er einen Briefumschlag des Bezirksspitals. Er legte den Stapel Post auf den Küchentisch und wandte sich Hennings Tagebuch zu.

Vorsichtig ließ er den Föhnstrahl über die nächste leere Seite hin und her gleiten. Es kam aber keine blaue Handschrift zum Vorschein. Er versuchte es nochmal. Nach ein paar Minuten gab er auf und nahm sich die nächste Seite vor. Auch hier nichts. Ebenso auf der nächsten und der übernächsten.

Verdammt, da war nichts mehr. War Henning vielleicht nicht mehr dazu gekommen, die eigentliche Hypothese aufzuschreiben? Es verblieben noch etwa zehn Seiten. Vielleicht hatte er zuletzt ein paar übersprungen, aus welchen Gründen auch immer. Er ließ den Föhnstrahl auf der nächsten Seite erneut vorsichtig hin und hergleiten. Tatsächlich erschien diesmal nach kurzer Zeit ein mit zittriger Schrift verfasster Text. Offenbar hatte Henning kaum mehr Zeit gehabt, seinen Eintrag mit der notwendigen Sorgfalt zu schreiben. Aufgrund der Abstände schloss er, dass der Text aus drei

Wörtern bestehen musste, doch er konnte nur eines davon eindeutig identifizieren.

…fass…der…sse…

Unmöglich kann ich daraus Rückschlüsse ziehen. Es macht keinen Sinn, danach im Internet zu suchen.

Resigniert legte er das Notizbuch weg und verstaute den Föhn wieder im Badezimmerschrank.

Ich sollte mich in meiner verbleibenden Zeit nicht mehr mit dieser Hypothese befassen. Die bringt mir nichts, außer der Erkenntnis, langsam auf die esoterische Bahn abzuleiten. Schluss damit.

Er ging in die Küche und bereitete sich eine Tasse Kaffee zu. Während er an der Tasse nippte, fiel ihm wieder der Brief des Bezirksspitals auf, der zuoberst auf dem Stapel auf dem Küchentisch lag. Er öffnete ihn.

»Kurznachricht« stand in der Betreffzeile.

Leider haben wir Sie telefonisch nicht erreicht.

Kein Wunder, des Festnetztelefon hatte er vor einiger Zeit wegen der vielen Werbeanrufen ausgesteckt.

Die in der Vorwoche durchgeführte Untersuchung des Beckens mittels Magnetresonanztomographie hat keinen verdächtigen Befund ergeben. Ihre Schmerzen sind wahrscheinlich auf Abnützungserscheinungen zurückzuführen. Mit der Behandlung Ihrer Prostatakrebserkrankung kann nun begonnen werden. Bitte melden Sie sich bei uns umgehend für eine Terminvereinbarung.

gez. Dr. med. Simon Moser

Die Nachricht machte ihn fassungslos. Er musste erst mal tief durchatmen.

Heißt das, es haben sich bisher keine Metastasen ge-
bildet? Bestand gar die Möglichkeit, den Krebs erfolg-
reich zu behandeln?

Er lief ratlos zwischen Küche und Wohnzimmer hin
und her.

Was soll ich nun machen? Meinen Plan aufschieben
und mit der Chemotherapie beginnen? Nein, selbst mit
überstandener Krankheit werde ich nie auf einen grünen Zweig kommen. Oder erst mal die Behandlung
über sich ergehen lassen und später entscheiden? Aber
eigentlich habe ich mich schon auf meinen Abgang ein-
gestellt. Verflucht, warum habe ich Idiot den Brief
überhaupt geöffnet? Jetzt nur nicht durchdrehen. Ich
muss einen klaren Kopf behalten.

Er legte sich aufs Sofa im Wohnzimmer und versuchte sich zu beruhigen.

Da kam ihm eine Entspannungstechnik in den Sinn,
welche er schon lange nicht mehr angewendet hatte.

Zunächst ballte er seine Hände zu Fäusten, um sie
nach ein paar Sekunden wieder zu lösen. Danach
spannte er seine Gesichtsmuskeln an und ließ nach einigen Atemzügen wieder los. Dasselbe machte er mit
Nacken, Schultern, Gesäß und Beine. Auf ein paar Sekunden Muskelanspannung folgte ein Loslassen und
damit eine Entspannung. Progressive Muskelentspan-
nung nannte sich die Methode. Auf Empfehlung einer

Arbeitskollegin hatte er sich einst ein Buch dazu gekauft, um etwas gegen seine Schlafstörung zu unternehmen.

»Der Professor kannte einen Kinderarzt aus Warschau. Jude. Konnte sich noch rechtzeitig nach Amerika retten. Der arbeitete lange Zeit in Berlin. Er sammelte merkwürdige Erzählungen von kleinen Kindern, alles Knaben im Alter zwischen vier und sechs Jahren. Die erzählten ihren Eltern davon, dass sie früher mal jemand anderes waren. Dass sie in den Krieg ziehen mussten und dass sie dort umkamen.«

Ich schaute ihn ungläubig an. »Aber Kinder erzählen doch oft irgendwelche Märchen.«

»Ja, aber viele der vermeintlich aus der Phantasie von Kindern heraus entstandenen Geschichten erwiesen sich als richtig, das heißt, sie konnten validiert werden.«

»Validiert? Wie denn?«

»Der Kinderarzt nannte solche Erzählungen ›Rückschau‹. Er war überzeugt, dass solche zwar nur selten erkannt werden, aber dass sie weit verbreitet sind. Beispielsweise war da ein kleiner Junge aus Potsdam. Er berichtete immer wieder davon, dass er mit dem Zug an die Front fuhr. Später erzählte er von weiteren Einzelheiten. Dass er Rudolf Schuhmacher hieß, 1914 nach Kriegsausbruch ein Notabitur absolvieren musste, danach an die Front kam und am 12. September nach einem Angriff der Franzosen nahe von Reims umkam. Der Arzt fand heraus, dass alles wahr war, was der kleine Junge erzählte. Ein Rudolf Schuhmacher, Jahrgang 1896, aus Kall, diente ab August 1914 in der 13. Infanterie-Division. Er fiel am 12. September 1914 bei Vuison an der Vesle, nahe Reims.«

»Wirklich? Das kann doch nicht sein!«, rief ich erstaunt und viel zu laut.

»Sei bloß ruhig, sonst wirst du auch noch gleich erschossen«, mahnte mich Aron.

»Verdammt«, antwortete ich leise und blickte besorgt zum Mannschaftszelt, das etwa hundert Meter vom Zaun entfernt stand. Niemand war zu sehen.

»Der kleine Junge konnte unmöglich von diesem Rudolf Schuhmacher gewusst haben, die Familien waren nicht bekannt oder verwandt und außerdem liegt Kall weit weg von Potsdam«, fuhr er fort. »Der Arzt dokumentierte aber noch mehr solche Fälle, alle von Erinnerungen kleiner Jungen an junge Männer, die im Krieg umkamen. Da war einer, der sich daran erinnerte, im südlichen Atlantik auf der ›Gneisenau‹ ertrunken zu sein, ein anderer daran, dass er bei Verdun von Granaten zerfetzt wurde und ein dritter konnte Einzelheiten beschreiben, wie er in einem Lazarett in Freiburg an seinen schweren Verletzungen erlag. Ihre Namen, welche alle drei nennen konnten, fand er in den Archiven. Dem Jungen aus dem Lazarett fiel sogar der Name der Krankenschwester ein, die seine Hand hielt, als er starb. Der Arzt konnte sie ausfindig machen, sie erinnerte sich tatsächlich noch an den jungen sterbenden Soldaten, dem sie die Hand gehalten hatte.«

»Aber wie kann das sein? Das ist doch nicht möglich.«

»Der Professor ging davon aus, dass unser Bewusstsein nach dem Tod weiter existiert, die Indizien dazu seien zu erdrückend.«

»Aber wie konnten die Kinder von diesen gefallenen Soldaten erfahren?«

90

»Hast du es noch nicht begriffen?«, fragte er höhnisch.
»Das Bewusstsein dieser Kinder stammt von den im Krieg
umgekommenen Soldaten, sie sind sozusagen ihre wiederge-
borene Persönlichkeit. Es scheint so, dass sie zurück mussten, weil ihre Weiterentwicklung noch nicht abgeschlossen
war.«

»Das kann ich nicht glauben.«

»Du kannst es glauben oder nicht, aber für solche Rück-
schaue, die validiert werden können, gibt es einfach keine andere Erklärung.«

Er blickte mich eine Weile lang schweigend an. Plötzlich
wurde mir bewusst, dass ich gerne noch lange da am Stacheldrahtzaun gestanden und ihm zugehört hätte.

»So, nun kommen wir zur eigentlichen Hypothese«, brach
er das Schweigen.

Einen kurzen Moment glaubte er, in einen Abgrund
zu fallen. Seine Glieder zuckten, während er hilflos Ru-
derbewegungen machen wollte. Da begriff er, dass er
immer noch auf seinem Sofa lag. Obschon er sich nicht
daran erinnern konnte, eingeschlafen zu sein, musste
er den Dialog zwischen Aron und Henning wieder geträumt haben. Eine andere Erklärung fand er nicht.

Oder habe ich inzwischen Halluzinationen? Kann
schon sein.

12

Er beschloss, sich für den restlichen Tag etwas abzulenken. Erst mal aß er nochmal ein Früchtejoghurt und ein Stück Brot. Danach fuhr er mit dem Fahrrad hinaus durchs Viertel, so ziemlich planlos. Er erreichte die Stadtgrenze und radelte weiter bis zur nächsten westlichen Vorortsgemeinde. Auf einer Kreuzung bog er nach Norden ab und geriet auf eine stark ansteigende Straße. Völlig außer Atem stieg er ab und schob sein Fahrrad die Steigung hoch.

Früher war er viel besser in Form gewesen. Vor der Heirat hatte er öfter ausgedehnte Radtouren unternommen, manchmal war auch seine damalige Freundin und spätere Ehefrau mitgefahren. Fürs Radfahren hatte sie sich allerdings nicht begeistern können und so hatte er es sein lassen. So war es immer gewesen. Seine Interessen und Bedürfnisse hatte er immer hintangestellt. Er hatte sich ein Haus mit einem Garten gewünscht, sie eine Wohnung. Er wäre gerne mal in die Berge in den Urlaub gefahren, aber gemäß ihrem Wunsch fuhren sie immer in die Toskana ans Meer. Da hatte sie einmal heftig mit einem Typen von einer Strandbar herumgeflirtet, wenn nicht sogar herumgemacht, während er nach den Mädchen geschaut hatte. Zugegeben hatte sie es zwar nie, doch war er sich da fast sicher gewesen. Trotzdem war er so blöd gewesen, im nächsten Jahr nochmal dorthin zu fahren. Wenigstens war der Typ von der Bar inzwischen verschwunden.

Er grinste verbittert vor sich hin, während er das Fahrrad neben sich herschob. Inzwischen hatte er die letzten Häuser hinter sich gelassen. Die Straße wand sich nun durch einen lichten Wald hindurch weiter bergauf. Vermutlich führte sie nach einiger Zeit wieder bergab auf die andere Seite des bewaldeten Hügelzugs.

Sein ganzes Leben lang war er der Trottel gewesen. Das war ihm in den letzten Jahren schmerzlich bewusstgeworden. Vergebens hatte er seine eigenen Interessen zurückgestellt, um es allen recht zu machen. Zig Chancen hatte er so sausen lassen. In der Oberschule hätte er gemäß seinem Lehrer ans Gymnasium gehen können, doch die Eltern hatten für ihn schon eine Banklehre eingefädelt, da auch der Vater ein Bankbeamter gewesen war. Nach der Geburt der ersten Tochter hatte ihn sein Chef gefragt, ob er sich nicht zum diplomierten Bankbeamten weiterbilden und Karriere machen möchte. Seine Frau war damit nicht einverstanden gewesen. Sie hatte gefordert, dass auch er im Haushalt mithalf. Einmal war er für eine Zeit lang in eine kleinere Filiale aufs Land versetzt worden. Da hätte er die Stelle des Bankleiters übernehmen können. Seine Frau war dagegen gewesen, da sie nicht aufs Land ziehen wollte.

In jener Filiale hatte damals eine hübsche und sehr sympathische Kollegin gearbeitet, mit der er sich bestens verstand und die ihm sogar Avancen machte. Und er Idiot war nicht darauf eingegangen. Wie blöd hatte er nur sein können.

Vermutlich lag es an seinem ausgeprägten Pflichtbewusstsein. Er hätte gar nicht anders handeln können, auch wenn er es noch so gewollt hätte.

Egal, ändern konnte er es nun auch nicht mehr. Der Ausweg, den er gewählt hatte, würde einen Schlussstrich unter seine Verbitterung setzen.

Die Straße stieg nicht mehr an. Er schwang sich aufs Fahrrad und fuhr gemächlich weiter. Sanft ging es bergab. Doch schon bald machte ein Warnsignal auf ein Gefälle von über zehn Prozent aufmerksam. Seine Vermutung war korrekt gewesen, die Straße führte ins nächste Tal hinunter. Hoffentlich machten das seine abgenutzten Bremsklötze mit. Obschon ihm das im Grunde egal war. Aber wenn schon ein Unfall, dann richtig. Sein Tempo erhöhte sich immer mehr, wobei er zwischendurch die Bremsen leicht anzog. Die Bremswirkung war zwar da, wenn auch nicht sehr ausgeprägt.

»Und? Was beinhaltet nun deine Hypothese?«, fragte ich, während Aron mich eine Weile lang nur anstarrte.

»Was meinst du, was beinhaltet sie?«

»Keine Ahnung, sag schon.«

»Aus den Informationen, die ich dir gegeben habe, solltest du sie eigentlich selbst ableiten können.«

»Ich bin aber kein Wissenschaftler.«

»Versuch es«, forderte er mich auf. »Formuliere je Forschungsbereich nur einen Satz von dem, was du gehört hast,

94

möglichst kurz und prägnant. Beginne mit dem letzten Bereich ›Rückschau‹«.

»Also gut, ich versuch es.« Ich überlegte einen Moment, bevor ich unsicher fortfuhr: »Mit der Rückschau gibt es Hinweise, dass Kinder, meistens sind es Knaben, sich an ein vergangenes Leben erinnern.«

Er blickte mich zustimmend an. »Etwas präziser formuliert: Es gibt Indizien, dass das Bewusstsein eines verstorbenen Individuums, vor allem, wenn dieses abrupt zu Tode gekommen ist, schon mal in einem menschlichen Körper existiert hat. Richtig. Komm gleich zum Forschungsbereich ›Übergang‹.«

»Mit dem Übergang gibt es Hinweise oder, wie du es nennst, Indizien darauf, dass man nach dem Sterben in einer uns unbekannten Dimension weiterlebt.«

»Nicht schlecht. Ich würde es so präzisieren: ›Beim Sterbeprozess scheint sich das Bewusstsein vom Körper loszulösen und in einen uns unbekannten Zustand zu wechseln‹. Und nun komme zum Bereich ›Raum‹.«

»Das Weltall ist riesig groß, vielleicht unendlich. Es gibt vermutlich Milliarden von Planeten mit intelligentem Leben.«

»Auch nicht übel. In einem Satz zusammengefasst: ›Im mutmaßlich unendlichen Raum existieren Welten mit hoch entwickeltem intelligentem Leben‹.«

»Und wie soll das nun alles zusammenpassen?«, fragte ich, da ich den Zusammenhang nicht begriff.

»Begreifst du es immer noch nicht? Das liegt doch auf der Hand!«

Er wusste nicht, wo er war. Er war einfach da. Keine Ahnung wie er dahin kam. Vermutlich lag er zu Hause auf dem Sofa, obschon er sich nicht daran erinnern konnte, von seiner Ausfahrt zurück nach Hause gekommen zu sein. Er wusste nicht einmal, ob er saß, lag oder stand. Er war einfach irgendwo in irgendeinem Zustand. Wenigstens konnte er sich noch Gedanken machen, zum Beispiel über die Konversation zwischen Henning und Aron, die er eben mitbekommen hatte. Es ging um die eigentliche Hypothese. Aron hatte zuletzt die Aussagen der Forschungsbereiche zusammengefasst.

Idiot. Ich habe das Gespräch zwischen Aron und Henning doch nur geträumt oder halluziniert. Und in meinem Traum kam bloß mein selbst zurechtgelegter Inhalt der Hypothese vor. Das bedeutete doch nicht, dass diese Bereiche in der Hypothese tatsächlich vorkommen. Vielleicht ging es da um etwas ganz anderes, etwas, das ich nie erfahren werde.

Er verdrängte die Hypothese wieder und versuchte, sich um seine besorgniserregende Situation zu kümmern. Wo verdammt befinde ich mich, fragte er sich. Er versuchte, den Kopf zu bewegen. Doch das ging nicht. Er konnte ihn nicht nur nicht bewegen, sondern er konnte ihn überhaupt nicht fühlen. Ebenso seine Arme und Beine, seinen Rumpf, nichts. Nicht einmal seine Augen konnte er in irgendeiner Weise aktivieren. War er bereits tot? War er, ohne sich daran erinnern zu können, bereits vor den Zug gesprungen?

Moment mal. War da nicht irgendwas? Direkt neben ihm nahm er etwas wahr. Genau! Es war eine Stimme. Eine angenehme weibliche Stimme.

»Ich weiß nicht, ob du mich hören kannst.« Nach einer kurzen Unterbrechung fuhr sie fort. »Ich darf doch du sagen? Ich heiße Maria und wir sind uns schon zweimal begegnet.«

Zweimal begegnet? Dann musste es sich um die schöne Nachbarin der verstorbenen alten Frau handeln, denn einer weiteren Frau war er in den letzten Jahren nie zweimal begegnet. Lag er womöglich im Spital? Sie arbeitete doch als Pflegefachfrau. Hatte er einen Unfall gehabt?

»Falls du mich hören kannst, möchte ich dir sagen, dass es mir sehr leidtut, was dir passiert ist. Ich wünschte, wir wären uns früher begegnet, als es dir noch besser ging.« Wieder folgte eine Pause. »Ruh dich einfach aus, ich bin bei dir.«

Verflucht nochmal, was soll das nun? Ich kann mich nicht bewegen, nicht sprechen, nichts. Bloß ihre Stimme kann ich wahrnehmen, wenn auch nur schwach. Aber in was für eine Situation war er da geraten? Doch, es musste ein Unfall gewesen sein, denn sonst gab es keine nachvollziehbare Begründung, wieso die schöne Krankenschwester zu ihm sprach.

Plötzlich kam in ihm Panik auf. Was, wenn er nun gelähmt und schwer behindert wäre? Er könnte seinen Plan nicht mehr umsetzen und wäre zum trostlosen Dasein als Krüppel verdammt. Er wollte losschreien, doch er brachte keinen Laut hervor.

»Nein, mach dir keine Sorgen, ich bin bei dir«, ertönte da ihre angenehme Stimme. »Ich werde dir rasch noch etwas geben, dann kannst du dich einfach entspannen und loslassen.«

Nach einem Moment fühlte er sich wieder ruhiger. Ob sie ihm irgendwelche Mittel, vielleicht Morphium, verabreicht hatte? Egal, sie war ja da. Er wünschte, sie würde ewig dableiben.

Ich schaute ihn ratlos an.

»Also nochmal. Es existiert ein Bewusstsein, losgelöst vom Körper. Das Bewusstsein jedes Individuums muss sich weiterentwickeln, um in einen nächsthöheren Zustand bei einer weiterentwickelten Zivilisation zu gelangen, irgendwo im unendlichen Raum. Ganz simpel. Ein Naturgesetz.«

»Beschäftigen sich denn nicht Religionen mit solchen Sachen?«, fragte ich irritiert. Ich konnte mir nicht vorstellen, dass es nach dem Tod weiterging.

»Unsere Forschung hat mit Religionen überhaupt nichts zu tun. Davon haben wir uns immer abgegrenzt. Klar beschäftigen sich Religionen mit der Frage nach einem Leben nach dem Tod, aber bei denen geht es in erster Linie darum, die Ideologie ihres Glaubens zu verbreiten und Macht über ihre Anhänger auszuüben. Etwas, das uns völlig fremd ist. Uns geht es nicht darum, unsere Hypothese als eine neue Religion zu verbreiten. Wir wollten sie erforschen und wissenschaftlich nachweisen. Immer mit der Option, dass sie, trotz Indizien, schlussendlich verworfen werden müsste.

Doch bis es soweit ist, würde uns noch ein langer beschwerlicher Weg bevorstehen.« Er hielt ein paar Atemzüge inne. »Würde, wenn nicht ihr Mörder gekommen wärt.«

Wir schwiegen eine Zeit lang. Aron faszinierte mich, obschon ich ihn als Juden eigentlich hassen musste. Da waren aber noch tiefere Gefühle, die mich verwirrten. Herzklopfen, ein Kribbeln im Bauch oder wie man es nennen wollte. Ich hätte alles dafür gegeben, mit ihm weit weg von hier gehen zu können. So weit weg wie nur möglich.

»Wie kommt ihr darauf, dass sich ein Individuum für eine höhere Zivilisation weiterentwickeln muss?«, fragte ich.

»Weil es der Natur entspricht. Mit der Evolution entwickelten sich auch unsere Fähigkeiten immer weiter. Wer hätte schon vor zweihundert Jahren daran geglaubt, dass man dereinst mit der Eisenbahn rasch und bequem fast überallhin reisen kann? Oder dass mittels Propellermotoren angetriebene Flugzeuge einfach so durch die Lüfte fliegen? Wir gehen davon aus, dass auch unser Bewusstsein eine Entwicklung durchlaufen muss. Der Professor nannte es eine zwingende Entwicklung hin zu konstruktivem Denken und Handeln. Destruktives Denken und Handeln, wie ihr es praktiziert, führt zwangsweise zum Untergang. Um in eine hochentwickelte Zivilisation zu gelangen, muss ein Individuum seine Destruktivität hinter sich lassen.«

»Und ihr glaubt wirklich, dass man nach dem Tod irgendwann auf einem anderen Planeten weiterlebt?«

»Wir glauben gar nichts. Wir schließen bloß aufgrund der Indizien darauf, dass es so sein muss.«

»Und was soll ich nun machen? Ich bin schließlich kein Wissenschaftler.«

»Nein, bist du nicht. Du kannst das, was ich dir eben erzählt habe, aber zumindest aufschreiben und aufbewahren. In der Hoffnung, dass sich irgendwann jemand wieder damit befassen wird. Aber pass bloß auf, dass du dabei nicht von deinen Nazikollegen erwischt wirst. Sonst droht auch dir der Tod und die Hypothese ist verloren.«

»Früher oder später droht mir sowieso der Tod.«

»Das ist zu befürchten. Aber noch ist es für dich nicht so weit. Es ist wichtig, dass du die Hypothese in groben Zügen aufschreibst, am besten mit einer Geheimtinte. So kann sie nicht in falsche Hände geraten.«

»Geheimtinte? Da kann ich weiterhelfen. Zu Hause hat es in meinem Chemiekasten noch etwas Kobaltchlorid.«

»Sehr gut.« Aron lächelte.

Mir wurde bewusst, dass ich nun gehen musste. Meine Abwesenheit konnte ich vielleicht mit einem längeren Latrinenaufenthalt begründen. Länger durfte es aber nicht gehen.

»Meinst du, wir sehen uns mal wieder?«, fragte ich leise.

»Falls die Hypothese zutrifft, dann sicher schon«, antwortete er und streckte mir die Hand durch den Stacheldrahtzaun entgegen. Ich ergriff sie.

»Und falls sie nicht zutrifft?«, fragte ich.

»Das will ich mir nicht ausmalen.«

Einen Moment lang hielten wir uns fest.

13

Er nahm etwas wahr. Was es genau war, konnte er nicht identifizieren. Ein Geräusch? Ein Lufthauch? Stand die schöne Krankenschwester neben ihm? Er war sich nicht sicher. Irgendwie fühlte es sich eigenartig an. Nicht wie eben, bevor er wieder einen Traum von der Begegnung zwischen Aron und Henning gehabt hatte. Er vermutete, dass es der letzte Traum über die beiden gewesen war. Aron hatte die Hypothese an Henning weitergegeben, damit er sie später zu Hause mit dem Kobaltchlorid in sein Tagebuch schreiben konnte.

Er musste über sich selbst lachen. Vollidiot. Alles nur geträumt, während er vermutlich im Krankenhaus lag und leise vor sich hin verreckte. Vielleicht hatte er das Tagebuch ja gar nie gefunden, sondern alles nur in einem Komazustand geträumt. Ob das Kobaltchlorid nach so langer Zeit überhaupt noch sichtbar gemacht werden konnte, war auch sehr fraglich. Wahrscheinlich hatte man ihm schon mehrmals Morphium gespritzt. Ja genau, so musste es sein. So einen Schwachsinn kann man eigentlich nur in einem Delirium träumen. Es war außerdem sehr unwahrscheinlich, dass damals ein Mitglied der Hitlerjugend die Anweisungen eines zum Tode geweihten Juden umsetzen würde.

»Nein, du hast nicht geträumt«, hörte er da plötzlich eine männliche Stimme aus nächster Nähe.

»Wer ist da?«, fragte er erschrocken. Er konnte wieder sprechen. *Entweder trifft es zu oder ich halluziniere. Wohl eher Letzteres.*

»Wir sind es. Du kennst uns.«

Vor sich erkannte er die Umrisse von zwei Personen. Erst verschwommen, dann immer deutlicher. Es waren zwei junge Männer, gekleidet in altmodisch wirkende Hemden und Knickerbockerhosen. Der eine hatte schwarze lockige Haare und braune Augen. Er war ausgesprochen hübsch. Der andere trug seine blonden Haare kurz und gescheitelt. Seine blauen Augen blickten ihn neugierig an. Er erkannte sie sofort wieder. Aron und Henning.

»Okay, ich träume wieder von euch. Das ist nicht real«, sagte er leise.

»Das ist kein Traum. Auch nicht unsere Gespräche damals im Wald bei Palmiry, die du in Tranchen miterlebt hast. Alles hat sich genauso zugetragen«, antwortete Henning. »Ich habe mich auf den ersten Blick in Aron verliebt. Damals wäre es lebensgefährlich gewesen, sich als schwul zu offenbaren. Mal abgesehen von meinem Äußeren, entsprach ich nicht gerade dem Ideal des typischen Hitlerjungen und Landsers«, ergänzte er. »Aber du träumst nicht. Wir sind alle da. Hier und jetzt.«

Er schaute sich erschrocken um. Sie standen einfach da. Einen Raum oder eine Umgebung konnte er nicht erkennen. Nur Aron, Henning und ihn.

»Bin ich etwa schon tot?«

»Spielt das eine Rolle?«, fragte Aron zurück. Ohne eine Antwort abzuwarten, fuhr er fort: »Egal, du hast Hennings Notizen zur Hypothese entschlüsselt, Gratulation!«

»Und zwar als Erster«, ergänzte Henning.

»Nein, das kann nicht sein«, stammelte er verstört. Er konnte die Situation nicht einordnen. Unmöglich, dass zwei Jungs, die vor fast achtzig Jahren gestorben waren, ihm nun plötzlich gegenüberstanden. Er fand keine andere Erklärung, als dass er nach einem Unfall mit dem Fahrrad nun im Koma lag und halluzinierte. Wenigstens könnte noch Maria auftauchen.

»Tut mir leid, aber sie wird nicht kommen«, bemerkte Aron.

»Verdammt, kannst du meine Gedanken lesen?«

»Ja, mir entgeht nichts. Deine Zuneigung für sie ist aber auch so was von offensichtlich.«

»Na ja, bei ihr ist es ja kein Wunder, wenn ein alter Hetero wie ich Adrenalinschübe bekommt, auch wenn es aussichtslos ist.«

Die beiden mussten lachen.

»Ja, die Liebe …«, sagte Hennig lächelnd, »aber darum geht es jetzt nicht.«

»Wir wollen uns über die Hypothese unterhalten«, bestätigte Aron. »Was möchtest du darüber wissen?«

»Nun ja …«, überlegte er. »Wie seid ihr überhaupt auf diese Themen gekommen?«

»Tja, was meinst du?«, erwiderte Aron lächelnd.

»Da war doch so ein Professor. Hat er sie vorgeschlagen?«

»Unser Professor Zsutoski? Er war dabei, aber wir sind gemeinsam darauf gekommen.«

»Wir? Wen meinst du damit?«

»Wir Studierenden an der philosophischen Fakultät in Warschau.«

»Philosophie? Ich dachte, ihr habt eher Astronomie oder so was Ähnliches studiert …«

»Im Nebenfach studierten tatsächlich einige von uns Astronomie. Ich natürlich auch.« Er hielt einen Moment lange inne und schaute zu Henning.

»Astronomie zu studieren, war eigentlich mein Plan gewesen«, sagte Henning. »Aber dann kam der verdammte Krieg.«

Einen Moment lang schwiegen sie beide. Die Ereignisse von damals lasteten offenbar immer noch auf ihnen, vermutete er.

Aron fuhr fort: »Damals, das war im Sommer 1939, lag eine dunkle Bedrohung in der Luft. Sicher hast du auch schon von einem sechsten Sinn bei Tieren gehört, der sie bei großen Gefahren, beispielsweise vor einem schweren Erdbeben, zu warnen scheint. Wie das genau funktioniert, ist der Wissenschaft, soweit ich informiert bin, auch heute noch verborgen.«

Er nickte. »Ja, ich habe davon gehört.« Vor Jahren hatte er mal einen Zeitungsbericht über den Tsunami im Jahr 2004 in Südostasien gelesen. Bei der Katastrophe waren über hundertfünfzigtausend Menschen umgekommen, aber angeblich kein einziges Tier. Im Gegensatz zu den Menschen hatten sie sich offenbar rechtzeitig in Sicherheit gebracht.

»Auch wir Menschen haben diesen Sinn, der uns bei Gefahren warnt. Oder hätten ihn, nur wird er leider oft ignoriert.« Wieder unterbrach er sich für ein paar Augenblicke. »Da war eine Kommilitonin. Sie hieß Ofra und war sehr sensibel. Sie war die Erste, die ahnte, was auf uns zukommen würde.«

»Ihr habt geahnt, dass die Nazis euch ermorden wollen?«

»Zuerst wollten wir es nicht wahrhaben. Eigentlich war es aber offensichtlich. Dieser abgrundtiefe Hass, über Jahrzehnte gewachsen und alle Gesellschaftsschichten durchdringend.«

»Das war wohl der Hauptgrund«, bemerkte Henning. »Es entstand eine kollektive Hetze. Und in der Gruppe warst du gezwungen, daran teilzunehmen. Die brutalen Schergen hatten dann leichtes Spiel, um ihre Gewaltphantasien in die Tat umzusetzen.«

»Gruppendenken kann eine große Gefahr sein«, sagte Aron. »Aber kommen wir zurück zur Bedrohung, die damals erst niemand so recht wahrhaben wollte, ausgenommen Ofra. Sie litt unter Angststörungen, Schlaflosigkeit und Panikattacken. Erst lachten wir noch über sie, aber je mehr Berichte über die Aggressionen gegenüber Juden aus dem Deutschen Reich bekannt wurden, desto mehr verging uns das Lachen.« Er hielt kurz inne und schaute zu Henning, der ihn mitfühlend anblickte. »Dann hörten wir von den Pogromen, das war im November 1938. Jüdische Geschäfte wurden geplündert und zerstört, Synagogen in Brand gesetzt, viele Juden umgebracht oder in Lager verschleppt. Da wurde uns auf einen Schlag klar: Ofra hatte recht. Aber selbst sie hätte sich das kommende Massaker nicht ausmalen können.«

»Hättet ihr damals nicht noch fliehen können?«, fragte er.

»Fliehen? Wohin? Damals wollte kein Land in Europa Juden aufnehmen und für eine Flucht nach Amerika hatte keiner von uns die notwendigen Mittel. Wenn schon hätte man viel früher verduften müssen. Wusstest du, dass einige bereits in den Zwanzigerjahren aus Deutschland geflohen sind?«

»Nein, das wusste ich nicht. Das heißt, sie ahnten bereits damals den kommenden Völkermord?«

»Ja, sie haben rechtzeitig auf ihren sechsten Sinn gehört. Für uns aber war es zu spät.«

»Dann habt ihr die Hypothese formuliert?«

Aron grinste. »Ist das deine Schlussfolgerung? Weil wir hoffnungslos unseren Schlächtern ausgeliefert waren, suchten wir Heil in einer Hypothese.«

»Eine etwas sehr direkte Ableitung, aber eigentlich gar nicht so falsch, oder?«, bemerkte Henning. Er blickte zu Aron.

»Ja, eigentlich ist es nicht so falsch«, wiederholte dieser nachdenklich. Nach einer Weile fuhr er fort: »Der Professor war gar kein Jude, so wie auch einige der Studenten. Einer davon hieß Nowak und der war hoffnungslos in Ofra verliebt. Er wollte bei ihr bleiben, was auch immer geschehen sollte.«

»Bis in den Tod, sozusagen?«

»Ja, wortwörtlich bis in den Tod. Die Nichtjuden hätten sie vielleicht sogar verschont, aber wir alle wollten zusammenbleiben.«

»Es wurden aber auch Nichtjuden ermordet. Besonders solche, welche zur wissenschaftlichen oder politischen Elite gezählt wurden«, bemerkte Henning.

»Ja, die Schergen mordeten mit einem perversen Eifer. Die hätten die eigene Großmutter ermordet, sofern es ihrer Karriere gedient hätte. Wie auch immer: Der Professor jedenfalls hatte spätestens Anfang '39 unsere hoffnungslose Lage erkannt. Ofra habe recht, sagte er uns eines Tages. Er habe sich mit den Plänen der Nazis auseinandergesetzt. Sie wollen alle

Juden, die polnische Elite und überhaupt alle, die ihnen nicht nützlich erschienen, vernichten. Sie würden uns also alle ermorden. Danach würden sie Lebensraum für ihre arische Rasse im Osten erobern und auch dort weitermorden. Kannst du dir vorstellen, wie geschockt wir von seiner Schlussfolgerung waren?«

Er nickte.

»Wir befassten uns damals mit dem ›Gebot der Konstruktivität‹ von Oskar Kluft. Hast du davon schon gehört?«

»Äh, nein. Handelt es sich um was Philosophisches?«

»Ja. Oskar Kluft war Professor der Philosophie in Königsberg. Er lehrte an derselben Universität wie einst der große Philosoph Immanuel Kant. Sein Forschungsschwerpunkt umfasste unter anderem die Geschichte von Völkern und Kulturen. Dabei kam er zum Schluss, dass sich Zivilisationen und Individuen hin zu konstruktivem Verhalten entwickeln müssen. Destruktives Verhalten führe stets in den Untergang. Für ihn gab es kein Gut und Böse, sondern nur Konstruktivität und Destruktivität. Unser Professor war selbst ein Schüler von Oskar Kluft gewesen. Das Gebot der Konstruktivität war ursprünglich nur als Teil eines übergeordneten Werks vorgesehen. Darin wollte Kluft unser Sein in einer nie dagewesenen Tiefe ergründen. Allerdings starb er im Alter von fünfunddreißig an einer Lungenentzündung und konnte sein Werk nie weiterführen. Unser Professor hatte sich zum Ziel gesetzt, Klufts Forschungen fortzusetzen. Er forderte uns schließlich auf, ihn im Angesicht unseres bevorstehenden Todes dabei zu unterstützen. Er ließ uns völlig frei, wie wir dabei vorgehen wollten, ausgenommen ein Erfordernis.«

»Erfordernis?«

»Das war eine Voraussetzung, die wir unbedingt beachten mussten. Wir mussten jegliche Religionen außer Acht lassen. Egal, ob Christentum, Judentum oder sonst etwas. Das war gar nicht so einfach. Der Professor war Agnostiker. Er glaubte nichts, Religionen waren ihm suspekt. Sie seien zwar gut gemeint, aber in ihrer Wirkung äußerst destruktiv. Sie führten zu Fanatismus, Ausgrenzung, Hass und schlussendlich zu Gewalt und Elend.«

»Er war Agno was?«

»Agnostiker. Auf die Frage, ob es einen Gott gebe, antwortet ein Atheist mit ›nein‹, ein Agnostiker mit ›ich weiß es nicht‹.«

»Und was glaubet ihr so?«

Aron und Henning blickten sich an.

»Also ich wurde evangelisch erzogen. Meine Mutter war sehr gläubig, aber ich konnte mich mit diesen Themen nie richtig anfreunden«, antwortete Henning. »Ich fühlte mich im Kreise der Kirche immer minderwertig und unwohl.«

»Und du?«, fragte er an Aron gewandt.

»Ich wuchs glücklicherweise nicht in einem religiösen Umfeld auf. Das Problem der Religionen ist deren Absolutheitsanspruch.«

»Das ist der Anspruch, die einzige wahre Religion zu sein?«

»Genau. Nur die eigene Religion ist die Heilbringende. Alle anderen müssen falschliegen und landen in der Hölle. Diese Einstellung ist äußerst destruktiv, wie es Kluft wohl nennen würde.«

»Okay, wie seid ihr dann weiter vorgegangen?«

»Erst haben wir uns wochenlang mit philosophischen Fragen beschäftigt, beispielsweise mit der Frage, was der Mensch sei.«

»Was der Mensch sei? Was soll diese Frage?«

»Es geht darum, was den Menschen ausmacht und was ihn vom Tier unterscheidet«, bemerkte Henning.

»Na ja, ein Tier hätte kaum solche Grausamkeiten ausüben können wie damals die Nazis.«

»Ziehe besser keine voreiligen Schlüsse«, ermahnte ihn Aron. »Es gibt Berichte über Schimpansen, welche andere Affenarten regelrecht jagen und genüsslich umbringen. Auch gegenüber ihren Artgenossen können sie grausam sein, wenn es um Positionskämpfe geht.«

»Sie sind wohl den Menschen ähnlich.«

»Ja, je vermeintlich intelligenter ein Wesen, desto tiefer können seine Abgründe ausfallen.«

»Zu welcher Antwort seid ihr gekommen?«

»Eine Antwort im Sinne einer exakten Definition haben wir nicht gefunden. Ansätze wie ›der Mensch hat ein Bewusstsein‹ führten nicht weiter. Schon der Versuch einer Definition von ›Bewusstsein‹ hat zu ergebnislosen Diskussionen geführt. Wir sind dann zum Schluss gekommen, uns von den philosophischen Theorien loszulösen. Schließlich einigten wir uns auf eine Hypothese und die Forschungsbereiche, mit denen sie bewiesen werden soll.«

»Wie lautete denn eure Hypothese im Wortlaut genau?«

»Du kennst sie doch. Der Wortlaut spielt eigentlich keine Rolle. Formuliere sie mal mit deinen Worten, wie es einst Henning getan hat!«, forderte ihn Aron auf.

Er überlegte eine Weile, ehe er antworte, die Worte sorgfältig wählend:

»Also: Das menschliche Individuum muss sich hin zu konstruktivem Denken und Handeln entwickeln, um in eine weiterentwickelte Zivilisation auf einem anderen Planeten irgendwo im unendlichen Universum zu gelangen.«

Aron nickte anerkennend, Hennig lächelte.

»Nicht schlecht«, gab Aron zu.

»Welchen Forschungsbereich habt ihr als ersten definiert? Das Weltall?«

»Nein, zuerst haben wir die Forschungsbereiche Rückschau und Übergang identifiziert. Ofra konnte sich noch an eine beiläufige Erwähnung des Professors über den Kinderarzt und seine Forschung erinnern. Der Professor steuerte dann seine Sammlung von Berichten über Nahtoderlebnisse bei. Das Weltall kam als übergreifender Bereich später dazu.«

»Aber mal Hand aufs Herz: Können denn diese Forschungsbereiche überhaupt erforscht werden? Fällt das nicht in den Bereich der Esoterik?«

»Nach unserer Meinung kann man diese Bereiche durchaus wissenschaftlich untersuchen. Genauso gut, wie man andere nicht fassbare Gebiete zu erforschen versucht, beispielsweise Schwarze Löcher, die Situation vor dem Urknall oder die Frage nach der Unendlichkeit des Universums.«

»Genau. Die Wissenschaft ist jedoch zu hochmütig und kann sich nicht eingestehen, womöglich doch nicht alles zu begreifen«, wandte Henning ein.

»Da magst du recht haben, aber die Wissenschaft ist gut beraten, eine gewisse Skepsis an den Tag zu legen«, widersprach Aron.

»Ja, was nun? Kann man sie erforschen oder nicht?«

110

»Man kann«, gab Aron zu. »Aber man muss sehr darauf achten, objektiv und bei klarem Verstand zu bleiben. Andernfalls driftet man rasch in reine Wunschvorstellungen ab.«

»Aber ihr wisst nun sicher, ob die Hypothese zutrifft oder nicht.«

»Tut mir leid, aber wir dürfen dir nicht alles sagen«, meinte Henning mit einem entschuldigenden Gesichtsausdruck.

»Und wieso nicht? Ich werde es ja nicht weitererzählen können, da ich offenbar auf dem Weg in die ewigen Jagdgründe bin. Also braucht ihr euch deswegen keine Sorgen zu machen.«

»Tja, das wissen wir noch nicht genau«, entgegnete Henning.

Er zögerte einen Moment lang. Wie sollte er das nun einordnen? Lag er womöglich gar nicht im Sterben? Lag er im Koma, nachdem er mit dem Fahrrad in ein entgegenkommendes Fahrzeug geprallt war? Und bestand gar die Möglichkeit, dass er eines Tages wieder aufwachen würde? Nein, das konnte nicht sein, das durfte nicht sein. Er wünschte, er wäre schon tot.

»Es bringt nichts, sich den Tod zu wünschen«, bemerkte Aron. »Wenn es soweit ist, wirst du es sofort bemerken.«

»Ist schon gut, ich verstehe. Vermutlich träume ich meine Begegnung mit euch bloß, nachdem mir die schöne Maria Opium gespritzt hat.«

»Fragen darfst du schon stellen, wir können einfach nicht alle beantworten«, bemerkte Henning, ohne auf seine Anmerkung einzugehen.

»Ihr seid schon Spielverderber! Und nun? Wie geht es nun weiter?«

»Tja, es kommt der Moment, wo sich unsere Wege wieder trennen«, sagte Henning. Aron nickte.

»Was passiert nun mit mir? Verrecke ich hier?«

»Das wissen wir noch nicht. Du musst es so nehmen, wie es kommt«, antwortete Aron.

»Was wäre denn die Alternative?«

»Zum Verrecken, wie du es nennst? Weiterleben natürlich!«

»Aus dem Koma aufwachen? Nahtlos wieder ins Schlamassel? Nein, danke!«

»Das muss nicht sein. Du beeinflusst selbst, ob es wieder ein Schlamassel wird.«

»Ja, klar. Ich muss es nur wollen. Dann kann ich im Sturm das Herz der schönen Maria erobern. Oder ich könnte gleich eine Sekte gründen und die Hypothese unter den Leuten als eine neue Religion verbreiten. Die Anhänger würden mich vergöttern, mir ein Leben in Luxus ermöglichen und die schönsten weiblichen Sektenmitglieder würden mir jederzeit zur Verfügung stehen.«

Aron und Henning brachen in Gelächter aus. »Nein, dazu fehlt dir glücklicherweise die Eigenschaft, ein narzisstisches Scheusal zu sein«, widersprach Henning.

»Ja, ihr habt bestimmt recht. Mir würde die Hypothese niemand abnehmen.«

»Mach dir nichts draus. Die Zeit ist wahrscheinlich noch nicht reif dafür. Es dauerte ebenfalls lange, bis man erkannte, dass die Erde nicht im Zentrum des Universums steht«, bemerkte Aron.

»Nun müssen wir uns aber endgültig verabschieden, mein Freund«, sagte Henning.

»Halt, vorher möchte ich aber noch wissen, was auf der letzten Seite im Tagebuch stand. Ich konnte nur Wortfetzen entziffern.«

Henning lächelte. »Da stand ›Zusammenfassung der Erkenntnisse‹. Ich wollte die Hypothese kurz zusammenfassen, doch dann ging mir das Kobaltchlorid aus.«

»Tja, dann hätte ich noch lange suchen können … Darf ich noch eine letzte Frage stellen? Eine, die ihr mir bitte beantwortet?«

»Gut, stellen kannst du sie.«

»Gibt es wirklich irgendwo eine Welt ohne narzisstische Arschlöcher und Despoten, ohne Kriege, Gewalt, Armut und Ungerechtigkeiten?«

Henning blickte Aron an. »Dürfen wir dazu etwas sagen?«, fragte er.

Aron zögerte kurz, bevor er antwortete. »Stell dir mal eine perfekte Welt vor, ganz für dich allein in deinen Gedanken. Du wirst staunen, was du dabei erleben wirst.«

14

Wie jeden zweiten Mittwochabend im Monat trafen sich auch in diesem heißen Juni vier Männer weit jenseits der fünfzig in ihrem Stammlokal im Viertel. Am späten Nachmittag hatte ein kurzes Gewitter für eine Abkühlung auf fünfundzwanzig Grad gesorgt. Die Luft war aber immer noch schwül und sorgte für Schweißausbrüche. Die Männer hatten im Garten an einem runden Tisch unter einer Linde Platz genommen. Manchmal kugelten Tröpfchen von den nassen Blättern auf den Tisch oder auf die größtenteils spärliche Haarpracht der Männer, was diese nicht weiter störte. Sie prosteten sich mit ihren Biergläsern zu.

»Habt ihr von Ruedi gehört?«, fragte ein beleibter Mann mit Glatze und Henryquatre-Bart.

»Seit er nicht mehr zu unseren Treffen kommt, habe ich nichts mehr was von ihm vernommen«, entgegnete ein magerer knochiger Mann mit schütterem Haar.

»Ich habe ihn letztes Jahr mal in der Stadt gesehen. Sah nicht so gut aus. Scheidung, Arbeitslosigkeit, das setzt einem zu«, bemerkte ein anderer, ein kleiner mit auffallender Fistelstimme.

»Er hatte einen schweren Unfall. Liegt im Koma, der arme Kerl«, verkündete der beleibte Typ die Neuigkeit, während er sich mit einem Papiertaschentuch den Schweiß von der Glatze wischte.

»Schöne Scheiße, der arme Ruedi wird aber ziemlich vom Pech verfolgt«, sagte der vierte. Großgewachsen, schwarze Haare, braungebrannt. »Weißt du, was passiert ist?«

»Er prallte auf dem Fahrrad mit einem Lastwagen zusammen«, erwiderte der Beleibte. »Letzte Woche habe ich Sabine in der Stadt getroffen. Es geschah auf der Straße runter ins Breitental in einer unübersichtlichen Kurve. Sieht nicht gut aus.«

»So schlimm?«, fragte der Kleine.

»Sie wissen nicht, ob er je wieder zu Bewusstsein kommt. Ich habe ihn am Montagabend im Spital besuchen wollen, aber er liegt auf der Intensivstation. Dort bin ich dann Jasmin, seiner Jüngeren, begegnet. War völlig in Tränen aufgelöst. Sie hat es mir gesagt.«

»Extrem tragisch«, bemerkte der Magere. »Angefangen hatte es mit dem Tod seiner Eltern. Erst starb völlig unerwartet die Mutter und kurz später der Vater. Er wurde depressiv und dann ging alles den Bach runter.«

»Aber die Sabine brachte ihm auch nicht gerade viel Verständnis entgegen«, erwiderte der Braungebrannte.

»Das sagst ausgerechnet du?«, fragte der Kleine. »Du hast sie damals doch angebaggert, als es ihm nicht gut ging.«

»Nicht gerade die feine Art«, stimmte der Magere zu.

»Da lief nichts, das habt ihr falsch verstanden«, verteidigte er sich. »Ich habe sie bloß ein paar Mal im Shoppingcenter zum Kaffee eingeladen und da hat sie mir ihr Herz ausgeschüttet. Sie gefiel mir natürlich, aber da lief absolut nichts, ehrlich.«

»Im Shoppingcenter zum Kaffee eingeladen, der ist gut«, wiederholte der Beleibte grölend, während er mittels Handzeichen bei der Serviererin noch eine Runde Bier bestellte.

»Ich war damals solo und da ich oft Spätschicht arbeitete, traf ich sie manchmal vormittags beim Einkaufen. Aber glaubt doch, was ihr wollt«, bemerkte er verärgert.

»Okay, ist schon gut. Vermutlich war sie auch nicht so leicht zu haben«, antwortete der Beleibte versöhnlich.

»War sie nicht. Aber sie hatte für seine Depression kein Verständnis. Sie fand, er müsse den Verlust seiner Eltern akzeptieren, es sei ja keine große Überraschung gewesen bei diesem Alter.«

»Später hat sie ihn verlassen. Wegen eines Fitnesstrainers hat er mal erzählt«, ergänzte der Kleine.

»Damals meinte er nur, sie hätten sich halt auseinandergelebt. Dabei hat sie ihn eiskalt abserviert. Irgendwie hat er immer alles schöngeredet«, wandte der Magere ein.

»Genau. Ich glaube, er hat viel mehr unter seiner Situation gelitten, als er zugegeben hat. Und erst recht, als er seinen Job bei der Bank verloren hat«, stimmte der Kleine zu.

»Darum kam er wohl nicht mehr zu unseren Treffen. Aus Scham«, ergänzte der Braungebrannte.

»Etwas muss ich euch aber noch erzählen«, ergriff der Beleibte wieder das Wort. »Dort auf der Intensivstation arbeitet eine schöne Krankenschwester. Ist zwar nicht mehr die Jüngste, jedoch wirklich sehr attraktiv. Schwarze Haarmähne, dunkler Teint und eine super Figur.«

»Was willst du uns damit sagen? Willst du die schöne Dame zu einem Rendezvous einladen?«, fragte der Braungebrannte erstaunt.

»Natürlich nicht«, antwortete er verlegen. »Also ich stand da vor der Intensivstation, ich durfte ja nicht rein zu ihm, und da habe ich gesehen, wie sie ihm liebevoll die Hand hielt.«

»Tja, irgendwie erweckt er immer wieder die Aufmerksamkeit der tollsten Frauen«, bemerkte der Kleine.

»Oder vielleicht auch nur deren Mitleid«, fügte der Braungebrannte an.

Die Serviererin stellte die gefüllten Biergläser auf den Tisch. »Zum Wohl!«

»Danke, Trudi!«, erwiderte der Beleibte. Er erhob sein Glas. »Auf Ruedi!«

»Auf Ruedi!«, wiederholten die anderen.

Von Bo Fresl erschienen:

Geisterbahn –Mysteriöse Zugfahrt

Kandersteg im Berner Oberland an einem späten Mitt-
wochnachmittag im November. Ein paar Reisende
warten auf den Zug nach Spiez. Dieser fällt aus Gründen, die nicht näher genannt werden, aus. Als der Er-
satzzug, der bald bereitgestellt wird, auf der Fahrt
plötzlich stehen bleibt, kommen die Reisenden ins Gespräch. Sie machen eine beängstigende Entdeckung.